1

IMMORTALITÉ & CHÂTIMENT

Kentarô Satô

Sommaire

CHAPITRE 1

Tax Free Shop
Pon Quijote
AH, ÇA DOIT ÊTRE TOI !
VOUS ÊTES ERIKO ?
ENCHANTÉ, JE M'APPELLE MINATO ...
HEUREUX DE FAIRE VOTRE CONNAISSANCE ...
T'ES SUPER POLI, DIS DONC ! C'EST MIGNON ...
ENLÈVE TON MASQUE, QUE JE VOIE TON VISAGE !
EUH, D'ACCORD ...
...
QU'EST-CE QU'IL Y A ? JE NE VOUS PLAIS PAS ?
NON, C'EST PAS ÇA ...

...
MAIS ON
SE SERAIT PAS
DÉJÀ RENCONTRÉS
QUELQUE PART
?
KABUKICHO ICHIBANGAI
NON
...
Don Quijote

VOUS DEVEZ VOUS TROMPER ...
AH... BON ON Y VA ?
ハコム
3F
マイブル
PROMISA
プロミサ
マイブル
5F
旨い魚に酒が合う！
OKONOMIYAKI HONMARU
お好み焼き本丸
たこ焼き
はち屋
大松ビル
麻雀バル
6F
たばこ
酒
銀行ATM
メンズラック
クリニック
3F
やきぶた
センター
ハコム
SUSHI
ICHIBANGAI

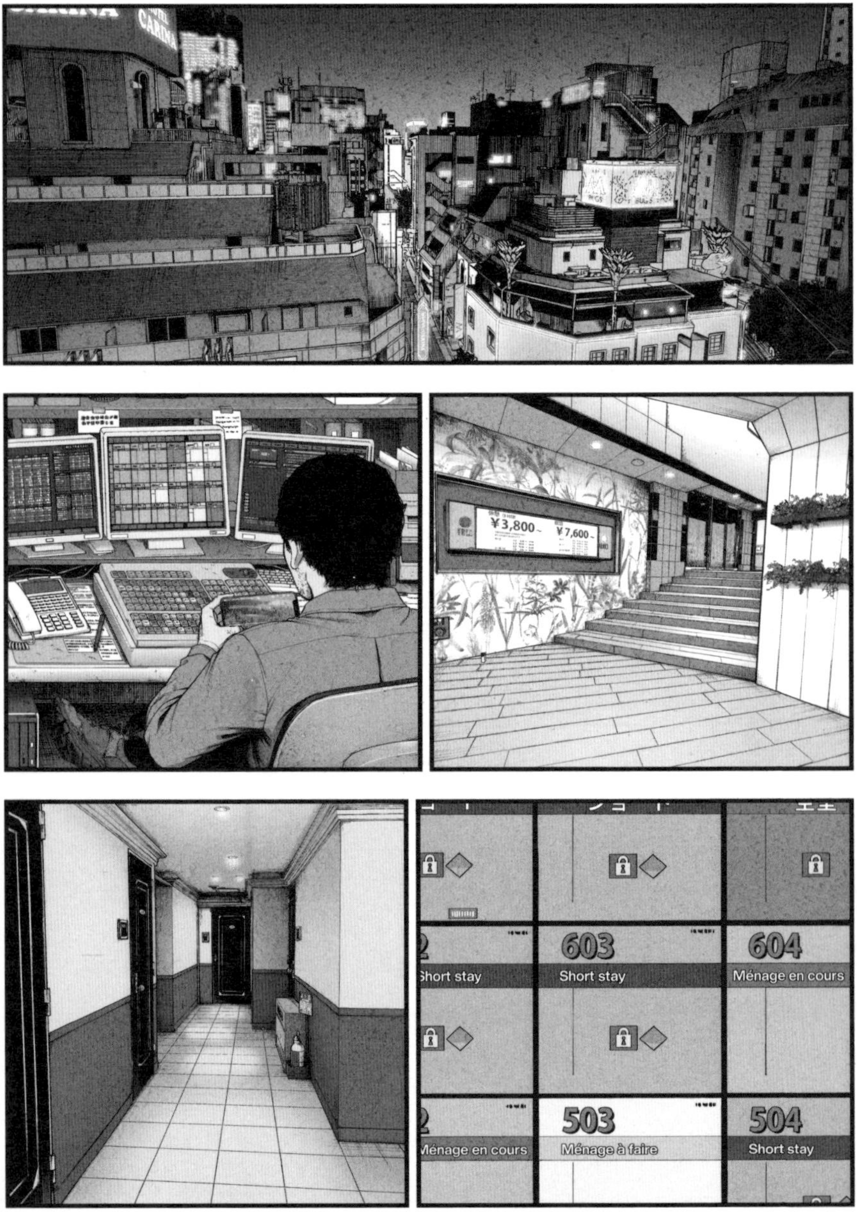

N.D.T. : AU JAPON, LE REZ-DE-CHAUSSÉE EST CONSIDÉRÉ COMME LE 1ER ÉTAGE, LE 1ER ÉTAGE COMME LE 2E, ETC.

603
... ET SANS TRANSITION, LA SUITE DE NOS INFORMATIONS ...
UN HOMME VIENT D'ÊTRE AGRESSÉ PAR UNE FEMME PRÈS DE LA STATION YAKUSHO-MAE À SHINJUKU ...
for no smoking in
ELLE L'AURAIT SAUVAGEMENT MORDU, NOTAMMENT AU COU ...

L'HOMME N'A TOUJOURS PAS REPRIS CONNAISSANCE ...
FSHHHH...

5:59
FLASH INFO
UN HOMME AGRESSÉ À SHINJUKU, TOKYO
DES AGENTS DE POLICE PRÉSENTS SUR PLACE SONT INTERVENUS. L'AGRESSEUSE A IGNORÉ LEURS MISES EN GARDE, LES OBLIGEANT À OUVRIR LE FEU
...

C'EST TOUT PRÈS D'ICI ...
AAAH, ÇA FAIT DU BIEN ...
JE VAIS PAS ME PLAINDRE, VU COMMENT TU M'AS LÉCHÉE, MAIS QUAND MÊME ...
À TON ÂGE, C'EST CHELOU D'AVOIR ...
DES PROBLÈMES D'ÉRECTION !
JE SUIS DÉSOLÉ ...
? ILS RACONTENT QUOI, AUX INFOS ?

QUELQU'UN S'EST FAIT MORDRE DANS LE COIN ...
MORDRE ? PAR UN CHIEN ?
NON ...
PAR UNE FEMME
HEIN ?!
LES DEUX AGENTS ONT D'ABORD TIRÉ UNE FOIS CHACUN, LA TOUCHANT À LA JAMBE ET AU VENTRE ...

6:00
...
MAIS CELA N'A PAS SUFFI À L'ARRÊTER
ILS ONT ALORS DÛ REFAIRE FEU EN VISANT LE TORSE ET LA TÊTE
...
POUR ABATTRE LA FORCENÉE
...
Y A PAS EU UNE AFFAIRE COMME ÇA AUX ÉTATS-UNIS ? À CAUSE D'UNE DROGUE OU UN TRUC DANS LE GENRE
...
MAIS D'AILLEURS, TU SERAIS PAS UN CAMÉ, TOI ?!
IL PARAÎT QUE ÇA EMPÊCHE D'AVOIR LA TRIQUE, JUSTEMENT !
JE TOUCHE PAS À ÇA, PROMIS !

JE TE PAYE QUAND TU AS FINI …
JE VOUS REMERCIE !
ALLEZ, À MON TOUR D'ALLER À LA DOUCHE !
Réception : tapez 9
ALORS… POUR UNE PERSONNE …
CLAC
FSHHHH…

FSHHHHH
SCOUIC
のどの
PSHUU
GLOU GLOU
GLOU GLOU
GLOU GLOU
GLOU GLOU
MOUAAAAH...
GRGL
GARGL
GARGL
GARGL
GARGL
SPLATCH

POC
FSHHHH...
SPLOTCH
FROT
FROT
FROT
FROT
FROT
FROT
FROT
FROT
FROT
PFFF
...

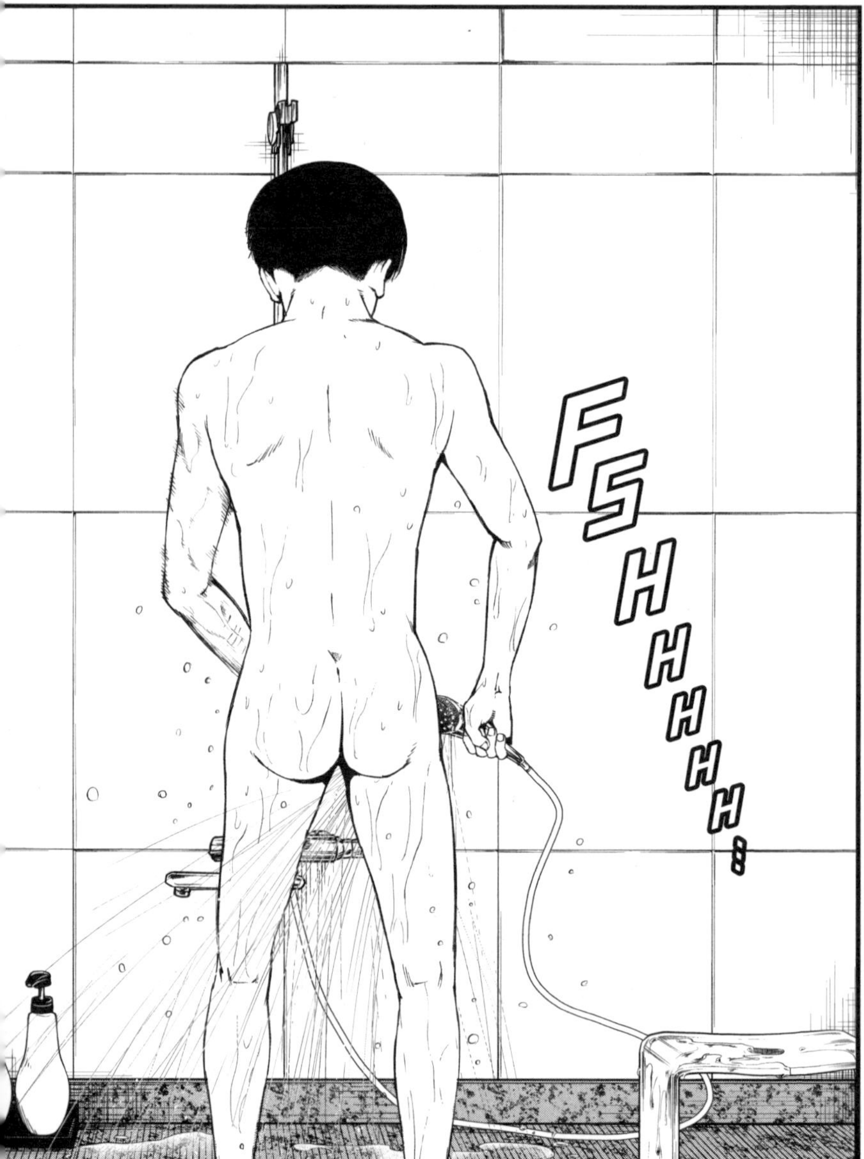
FSHHHHH!!

Y A RIEN À FAIRE, ELLE VEUT PAS SE LEVER ...

... TOUJOURS SANS TRANSITION ...
EN VILLE, ON NOUS SIGNALE UN NOUVEL ...
VOUS VOULEZ BIEN CHANGER DE CHAÎNE ?
...
?

TZAM
TZAM

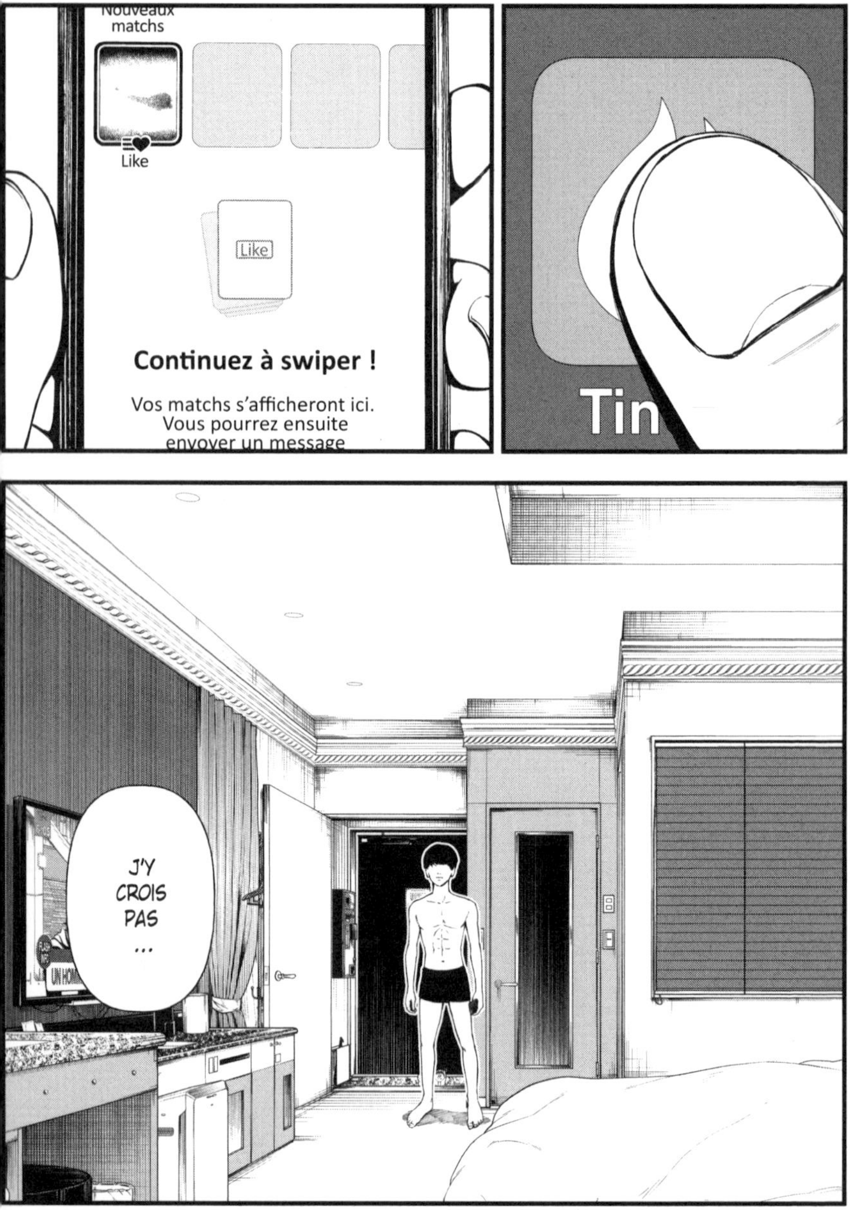
Tin
Nouveaux matchs
Like
Like
Continuez à swiper !
Vos matchs s'afficheront ici.
Vous pourrez ensuite
envoyer un message
J'Y CROIS PAS ...

ELLE S'EST TIRÉE ...
AH !
ZWIP

BOBOBOM
BOBOBOM
BOBOBOM
TCHA
BOBOBOM
BOBOBOM
PAF
BOBOBOM
BOBOBOM
BOBOBOM
BOBOBOM

BOBOBOM
BOBOBOM
BOBOBOM
HUH ...
BOBOBOM
HUH ...
BOBOBOM
HUH ...
BOBOBOM
SCOUIC
HUH ...

SPLAF
URGH ...
J'EN PEUX PLUS ...
QUAND JE TROUVE DU BOULOT, ÇA FONCTIONNE JAMAIS ...
il devrait mourir
changera jamais
tranquillement,
QUE JE VIVE OU PAS, TOUT LE MONDE S'EN FOUT ...

TU N'AS PAS LE DROIT DE CHOISIR LA MORT !
TU DOIS CONTINUER DE VIVRE ...
EN PORTANT LE POIDS DE TES PÉCHÉS ...

1000
日本銀行券
5000
日本銀行券
SÉRIEUX ...
P
OPEN
ILS SONT TOUS FAUCHÉS, LES JEUNES D'AUJOURD'HUI ?!
ET POURQUOI SON VISAGE ME DIT UN TRUC ?

Nom
Yakaze Fumito
Né le 6 mars XXXX
Adresse
Tokyo
Délivré le
XX XX 20XX
Valide jusqu'au XX XX 202X
Catégorie
Véhicules personnels
Jusqu'à 8 tonnes
Obtenu
Numéro
XXXXXXXXXXX
Petit véhicule
Autres
Deux roues
Obtenu
Permis de conduire
Préfecture de Tokyo
FUMITO YAKAZE ...
Permis de conduire
"MINATO", TU PARLES !
Fumito Yakaze
Fumito Yakaze ado tueur
Fumito Yakaze crime
Fumito Yakaze serpent blanc
Fumito Yakaze adresse famille
Fumito Yakaze photo
Fumito Yakaze
Fumito Yakaze ado tue
Fumito Yakaze crime
Fumito Yakaze serpent
Fumito Yakaze adresse fa
Fumito Yakaze photo
HEIN ?!
ffaire du "tueur au mixeur" qui avait secou
ut le Japon. L'adolescent, en 2e année de c
ait tué et démembré quatre collégiennes a
'il avait 14 ans. Il s'agirai rime le plus
mmis de sang-froid par eur dans le
QUOI ?!
u'est devenu ce garçon
ous avons réussi à retro
a trace

LE SERPENT BLANC !
L'AFFAIRE DU "COLLÉGIEN MEURTRIER AU MIXEUR"
L'ADO TUEUR RETROUVÉ !
BOBOM
BOBOM
BOBOM
BOBOM

xcité sexuellemen
ar les cadavres d
ais ce n'est pas tou
écoupé les corp
dans un m eur
ne pourris nt
ne partie des te
dans une glac ère
BOBOM
BOBOM
BOBOM
uellement par les
avres de ses victi
n'est pas tout
a ramenés chez
dans un mixeur avant de les boi
'afin qu'ils ne pourrissent pas'
l'adolescent s'est
présenté sous le no
du "serpent
blanc" et s'est
rendu à la poli
IL... IL FAUT QUE JE LUI RENDE SON FRIC ...
UUURGH
HEIN ?!
...

6:09
FLASH INFO
everyday.
AGRESSIO... TE LA VILLE
... NOUS POURSUIVONS NOTRE JOURNAL AVEC DE NOM-BREUSES AGRES-SIONS VIOLENTES RAPPORTÉES UN PEU PARTOUT EN VILLE ...
SELON NOS SOURCES, LES VICTIMES DEVIENDRAIENT ELLES AUSSI ENRAGÉES ...
...
ET TENTERAIENT DE MORDRE QUICONQUE LES APPROCHE ...
everyday.
AGRESSIONS SAUVAGES DANS TOUTE LA VILLE

NEWS
6:09
L'HYPOTHÈSE D'UNE DROGUE DE SYNTHÈSE EST À L'ÉTUDE, MAIS POUR L'HEURE, NOUS NE SAVONS PAS COMMENT ELLE POURRAIT SE TRANSMETTRE AUX PERSONNES MORDUES ...
FLASH INFO
everyday.
AGRESSIONS SAUVAGES DANS TOUTE LA VILLE
UN VIRUS ?
IL POURRAIT ÉGALEMENT S'AGIR D'UNE INFECTION VIRALE ...
everyday
ONS SAUVAGES DANS TOUTE LA VILLE
ter

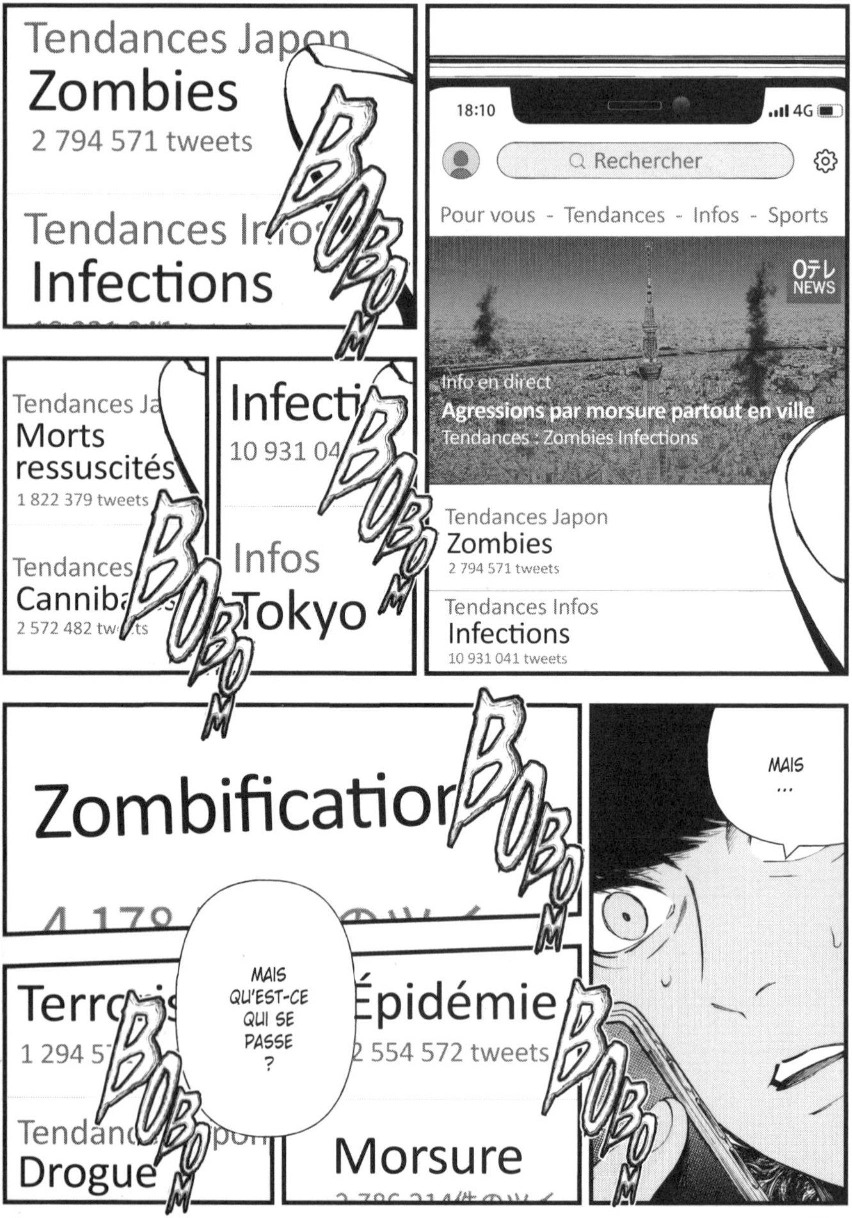
18:10
4G
Rechercher
Pour vous - Tendances - Infos - Sports
0テレ NEWS
Info en direct
Agressions par morsure partout en ville
Tendances : Zombies Infections
Tendances Japon
Zombies
2 794 571 tweets
Tendances Infos
Infections
10 931 041 tweets
Tendances Japon
Zombies
2 794 571 tweets
Tendances Infos
Infections
BOBOM
Infecti
10 931 04
Infos
Tokyo
BOBOM
Tendances Ja
Morts ressuscités
1 822 379 tweets
Tendances
Canniba
2 572 482 tw ts
BOBOM
MAIS…
Zombificatior
BOBOM
Épidémie
2 554 572 tweets
Morsure
BOBOM
MAIS QU'EST-CE QUI SE PASSE ?
Terr
1 294 5
Tendanc
Drogue
BOBOM

6:11
OUI... OUI ...
LES VICTIMES DE MORSURES DÉCÉDÉES FONT... QUOI ?!
FLASH INFO
everyday.
AGRESSIONS SAUVAGES DANS TOUTE LA VILLE
ELLES RESSUSCITENT ?!
Une toxico pète les plombs dans le train et sème la panique !
On dirait trop un zombie ! (TW : gore)

FLAP
FLAP
GARGL
FLAP
GUUARI
FLAP
FLAP
GUUCH
GRAAHK
SCRIC
SCRIC
GNN
SCRAC
BWAARG
UARGH

HMMG
HMMGL
DOM
DOM
DOM
DOM
DOM
DOM
FWISH
FWISH
FWISH
FWISH
GARGL
ROLL
ROLL
ROLL
ROLL

GRUOOOOH...
GRAAAARRH
GRUUHURG

LÂ-CHEZ-MOI !
AAAH ! NON !
GNAP

MA TÊTE !
OUAAAAH !
SCRONCH
SCRONCH
AAAA...
AÏÏÏE !

WAAAAH
AAAH!
HEIN ?!
MAIS ...
HYAAAAAA
HYAAAAH!
KYAAAA!
C'EST QUOI ...
NOON...
AGH...
CE BORDEL ?
AGH...
GARGL...
HYAAAAAH!

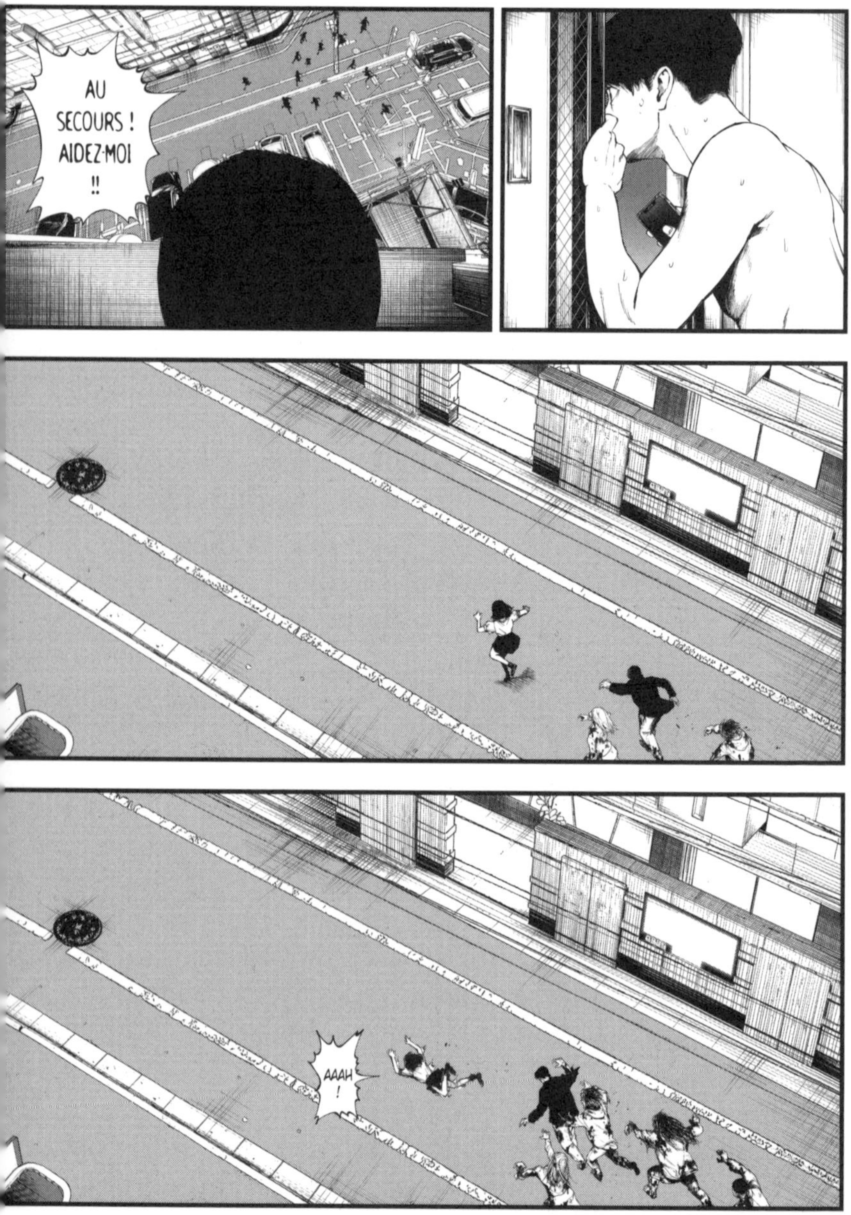
AU SECOURS ! AIDEZ-MOI !!
AAAH !

NOOON !
AAAAAAH !
NON... ARRÊTEZ... NOOOON !
AAAAAH !
BOBOOM
BOBOOM
BOBOOM
BOBOOM

JE VEUX PAS MOURIR !
AAAH !
NOOON !
STOOP !
J'AI MAAAAL !
AÏÏÏE !
GYAAAAAAH !
AH !
AAAARGH !

BOBOOM
BOBOOM
BOBOOM
BOBOOM
BOBOOM
BOBOOM
BOBOOM
CLANG
…

TCHAC
BOBOOM
BOBOOM
BOBOOM
BOBOOM
!
BOBOOM
BOBOOM
...
BOBOOM

ZWIP
ZWIP
C'EST UNE CAMÉRA CACHÉE ?
NON, PAS POSSIBLE ...
LE PHÉNOMÈNE ...

FLASH INFO
Un nouveau virus inconnu ?
ACTES DE VIOLENCE DANS TOUT TOKYO. METTEZ-VOUS IMMÉDIATEMENT À L'ABRI.
... SEMBLE SE PROPAGER DANS TOUTE LA VILLE ...

everyday NEWS
6:16
LIVE
DES FUMÉES S'ÉLÈVENT AU-DESSUS DE NOMBREUSES HABITATIONS ...

FLASH INFO
Un nouveau virus inconnu ?
ACTES DE VIOLENCE DANS TOUT TOKYO. METTEZ-VOUS IMMÉDIATEMENT À L'ABRI.
LES DÉGÂTS SEMBLENT SE MULTIPLIER À TOUTE VITESSE ...
IL EST IMPOSSIBLE DE PRÉDIRE L'AMPLEUR DU PHÉNOMÈNE ...
ÉVITEZ À TOUT PRIX LES RASSEMBLEMENTS ET LES FOULES, RESTEZ À L'ABRI !
METROPOLE DE TOKYO
TOKYO METROPOLITAN GOVERNMENT
AH, L'ALLOCUTION DE MADAME LA MAIRE KONUMA VA COMMENCER ...

6:17
LIVE
MÉTROPOLE DE TOKYO
AFIN DE FREINER L'EXPANSION DES DÉGÂTS, IL EST DEMANDÉ ...
À TOUS LES HABITANTS DE RESTREINDRE LEURS DÉPLACEMENTS ...
DE SE CONFINER DÈS QUE POSSIBLE ...
DE FERMER LES PORTES À CLÉ ET DE RESTER EN LIEU SÛR
LA SÉCURITÉ DE NOS ADMINISTRÉS EST NOTRE PRIORITÉ !

AH !
CLAC
CLAC
CLAC
CLAC
QUOI ?!

*N.D.T. : AU JAPON, LES CHAMBRES DES *LOVE HOTELS* SONT PARFOIS ÉQUIPÉES D'UN SYSTÈME DE PORTES À SERRURE AUTOMATIQUE QUI PEUT ÊTRE DÉVERROUILLÉE EN CONTACTANT LA RÉCEPTION OU BIEN EN RÉGLANT LA SOMME DUE VIA UN AUTOMATE INSTALLÉ À L'ENTRÉE DE LA PIÈCE.

VRRR
Vous avez un nouveau message.
TAP
Vous avez
Shôka Matsukasa
Fumito, tu vas bien ?
Où est-ce que tu es ??

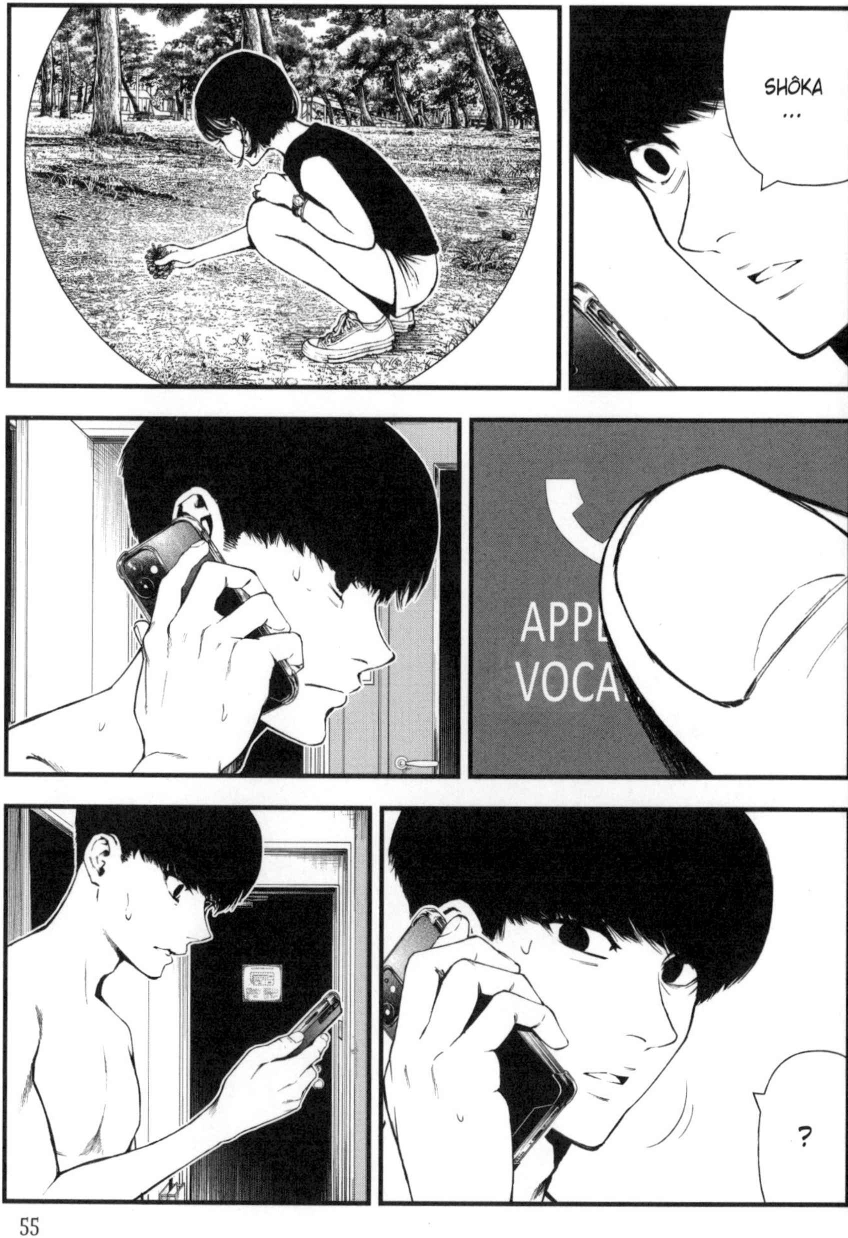
SHÔKA
...
APPEL
VOCAL
?

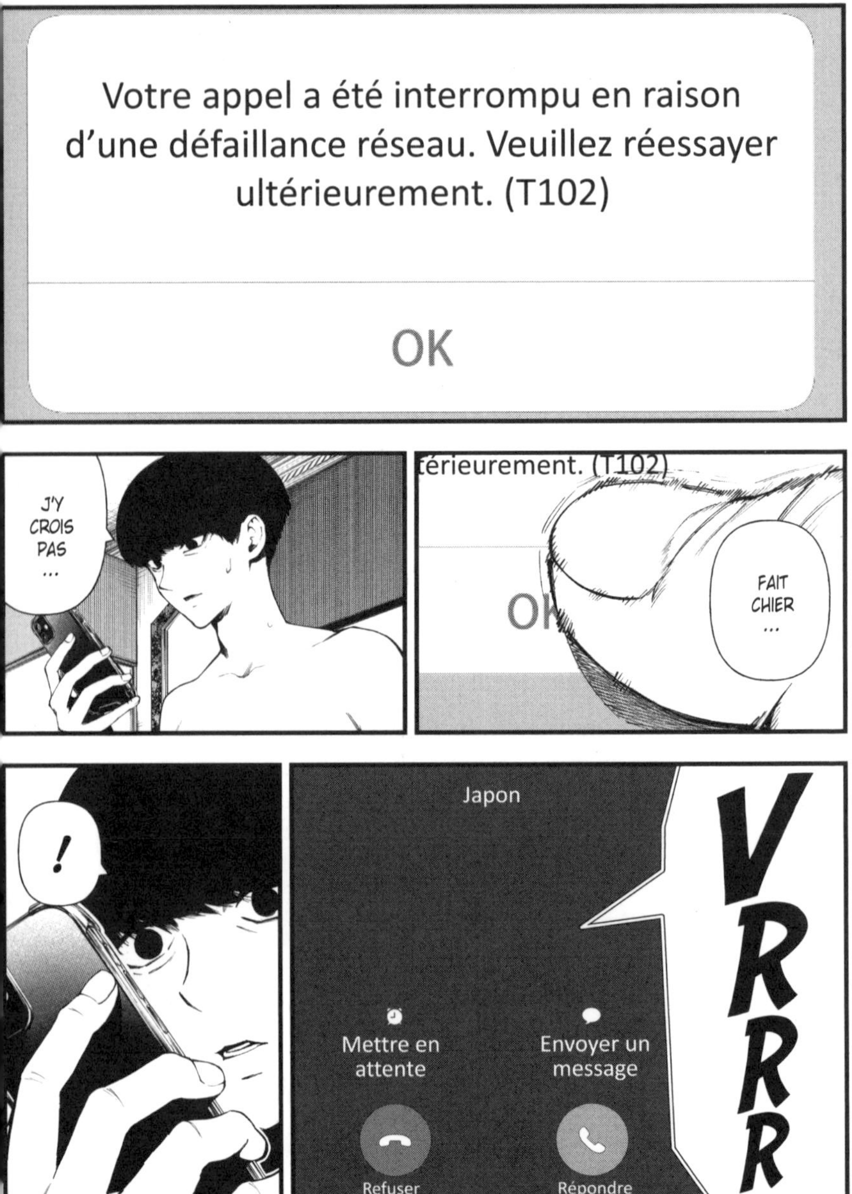
Votre appel a été interrompu en raison d'une défaillance réseau. Veuillez réessayer ultérieurement. (T102)
OK
térieurement. (T102)
OK
FAIT CHIER…
J'Y CROIS PAS…
Japon
Mettre en attente
Envoyer un message
Refuser
Répondre
VRRR
!

18:20
VRRR
MAMAN
JAPON
VRRR
VRRR
VRRR
MAMA
REFUSER

SBAM SBAM SBAM SBAM
!
GLOUPS
SBAM SBAM SBAM SBAM

SBAM SBAM SBAM SBAM
SBAM SBAM SBAM SBAM

SBAM SBAM SBAM SBAM
MINA-TOOO ! OUVRE-MOIII !
!
LA MEUF DE TOUT À L'HEURE ?
SBAM SBAM SBAM SBAM
LES GENS SONT TROP BIZARRES, DEHORS !!
JE ME SUIS FAIT COURSER PAR DES CAMÉS !
JE T'EN SUPPLIE, OUVRE-MOI !!
TU VIENS PAS DE TE BARRER AVEC MON FRIC, TOI ?

HEIN ? MAIS JE RIGOLAIS ! C'ÉTAIT JUSTE UNE PETITE BLAGUE... HA HA !
JE M'EXCUSE, C'ÉTAIT... SUR UN COUP DE TÊTE...
603
JE VAIS TE LE RENDRE, TON ARGENT !
ALORS, S'IL TE PLAÎT...
N'EN FAIS PAS TOUTE UNE HISTOIRE...
O.K. ?!
VLAM
?!
...
EVACUATION PLAN
606 605 604 603
601 602
?
...

RMBL
SBAM
SBAM
SBAM
OUVRE-MOI, VITE !!
CLIC
CLIC
MAIS JE PEUX PAS, C'EST VERROUILLÉ !
IL FAUT DEMANDER À L'ACCUEIL DE DÉ...
MON CUL ! TU VEUX PAS LE FAIRE, C'EST TOUT !!
OUVRE CETTE PUTAIN DE PORTE, ESPÈCE DE ...

... SALE MEURTRIER !!
AH !
NON, NON !!
NOOOOOOOON

HAAAAAAAAAAAAH
SCRONCH
SCRUNCH
SCRUTCH
SPLATCH
SPLOTCH
SCRUNCH
CRUNCH
SPLATCH
ERIKO ?
BOBOOM
BOBOOM

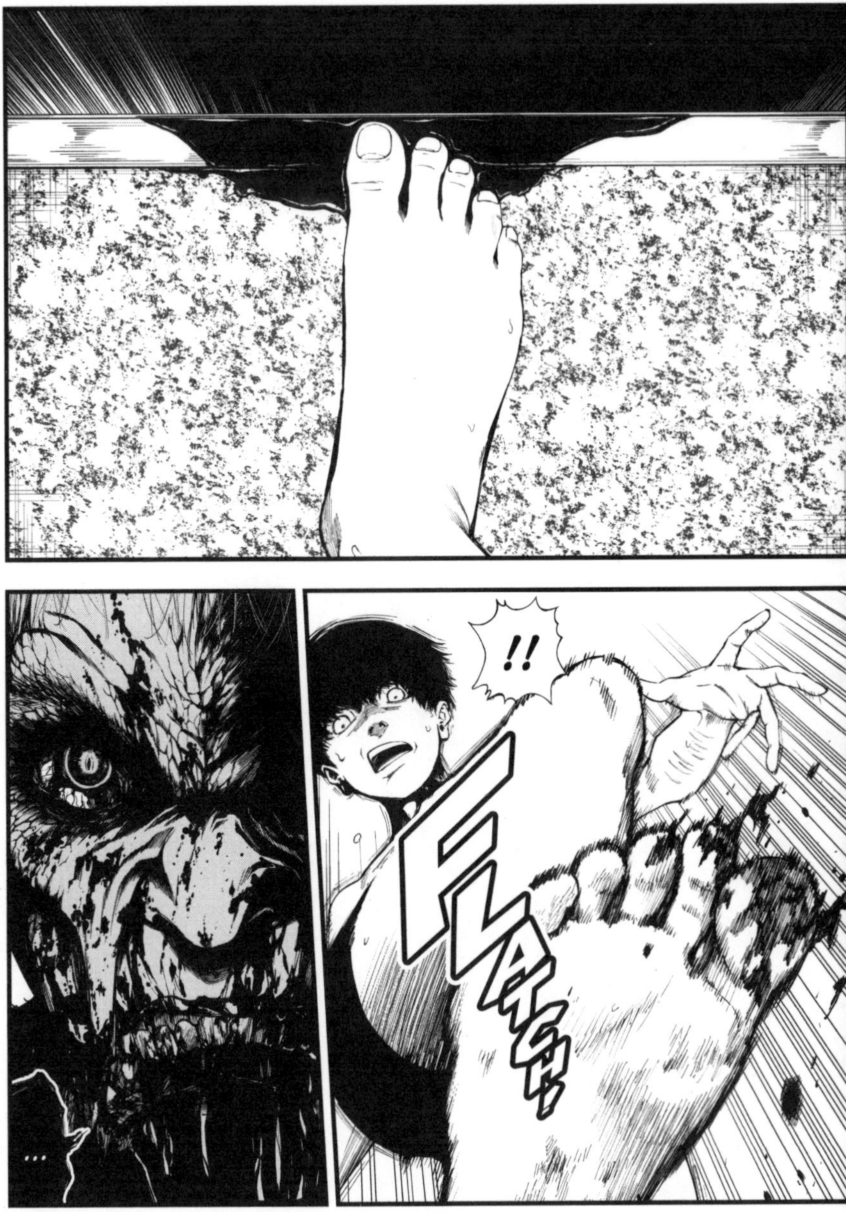
!!
FLATCH!
...

603

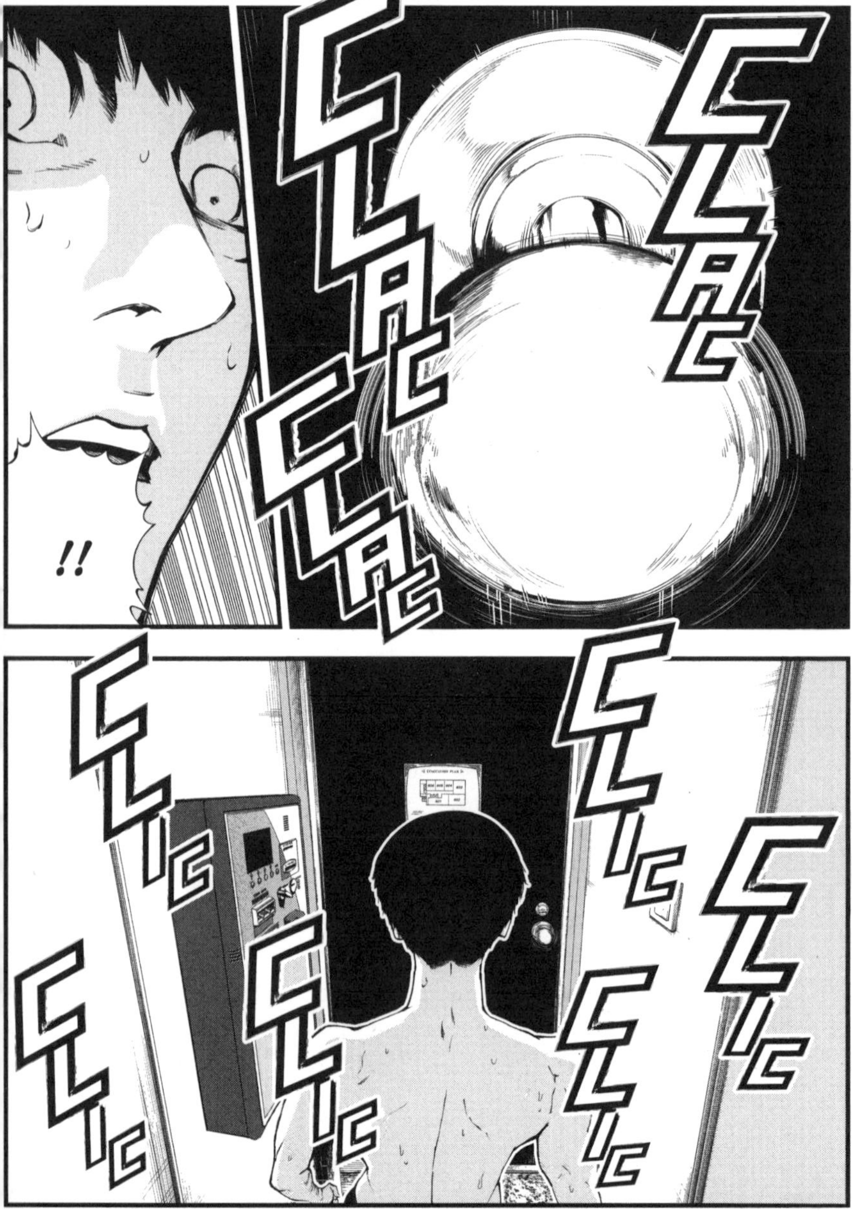

CLAC
!!
CLAC
CLAC
CLIC
CLIC
CLIC
CLIC
CLIC

SBAM
SBAM
SBAM
SBAM
SBAM
SBAM
SBAM
BOBOM
SBAM
BOBOM
SBAM
SBAM
SBAM
SBAM
BOBOM

BOBOM
BOBOM
BOBOM
BOBOM
BOBOM
BOBOM
BOBOM
HA HA ...
J'AI VRAIMENT UN PROBLÈME, MOI ...

QUEL BARGE …
BOBOOM
BOBOOM
Il changera jamais, ce mec...
TUEZ-LE !
se balade tranquillemen
liberté..
Pourquoi y a des lois spéciales
CRÈ
FAUT LE CONDAMNER À MORT
Pas de pardon !
Faut le tuer, pour les familles
victimes...
BOBOOM
BOBOOM
JE DEVRAIS MÊME PAS ÊTRE EN VIE …
BOBOOM
BOBOOM
BOBOOM
BOBOOM

BOBOM
BOBOM
BOBOM
Tu n'as pas le droit de mourir
BOBOM
PAR-DON...
BOBOM
PAR-DON...
BOBOM
Expie...
et paie pour tes crimes
Tu dois vivre

TU N'AS PAS LE DROIT DE CHOISIR LA MORT !
TU DOIS CONTINUER DE VIVRE EN PORTANT LE POIDS DE TES PÉCHÉS ...
PAYER POUR TES CRIMES ...
CETTE DOULEUR, CETTE SOUF-FRANCE ...
C'EST ÇA, TON CHÂTIMENT !
PARDON PARDON PARDON !
JE NE DIRAI PLUS QUE JE VEUX MOURIR ...

JE VAIS RESTER EN VIE, C'EST PROMIS !!

IMMORTALITÉ
&
CHÂTIMENT

Immortalité & Châtiment

CHAPITRE 2

HOTEL
ALTAIR
HOTEL ALTAIR
SPA&RESORT
OUAAAH!
HYAAAH!

18:00~7:00
2,000円
分/300円
カメラ作動中
TAP TAP
GARGL
HY-AA-AAH!
603
SBRAM
SBRAM
¥3,800~
¥7,600~
SCRONCH
SCRONCH
SCRONCH
SBRAM
UN VIRUS INCONNU SEMBLE SE RÉPANDR DANS TOUTE LA VI AU MOMENT O JE VOUS PAR ...
SBRAM

SBAM
SBAM
SBAM
SBAM
SBAM
SBAM
SBAM
SBAM

SBAM
SBAM
SBAM
SBAAAAM

SBAM
SBAM
SBAM
SBAM
SBAM
SBAM
CLIC
CLIC
CLIC
SBAM
Tu n'as pas le droit de mourir

SBAM
SBAM
Expie...
SBAM
CLIC
SBAM
CLIC
SBAM
CLIC
CLIC
SBAM
SBAM
SBAM
et paie pour tes crimes

SBAM
IL EST EXTRÊMEMENT CONTAGIEUX ...
SBAM
SBAM
SBAM
6:26
LIVE
NOUS VOUS PRIONS DE VOUS TENIR À DISTANCE DE TOUTE PERSONNE INFECTÉE ...
BZZ

SBRM
SBRM
SBRM
SBRM
SBRM
SBRM
SBRM
...
SBRM
SBRM
ALTAIR
SBRM
SBRM
SBRM
SBRM

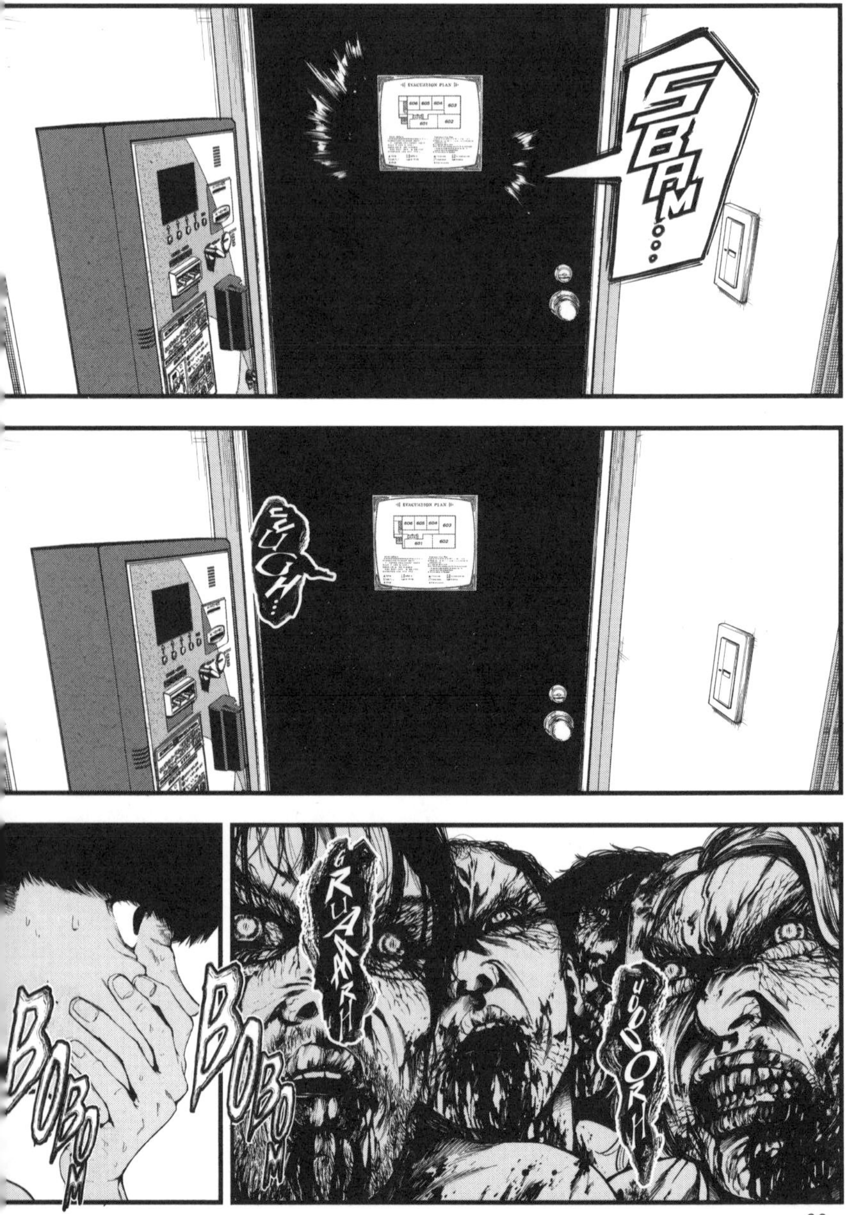
EVACUATION PLAN
SBAM...
EVACUATION PLAN
SCUCH...
BOBOOM
BOBOOM
GRUAARH
UOOOORH

603
GRAAARRH
UUAARGH!!
...
ON DIRAIT ...
CLANG
!!
QUE LE BRUIT LES ATTIRE ...

Mode nuit
On
TAP
METROPO
GOVERNI
everyday's NEWS
6:29
LIVE
METROPO
GOVERNI
Isolez et attachez toute personne potentiellement
contaminée confinée avec vous

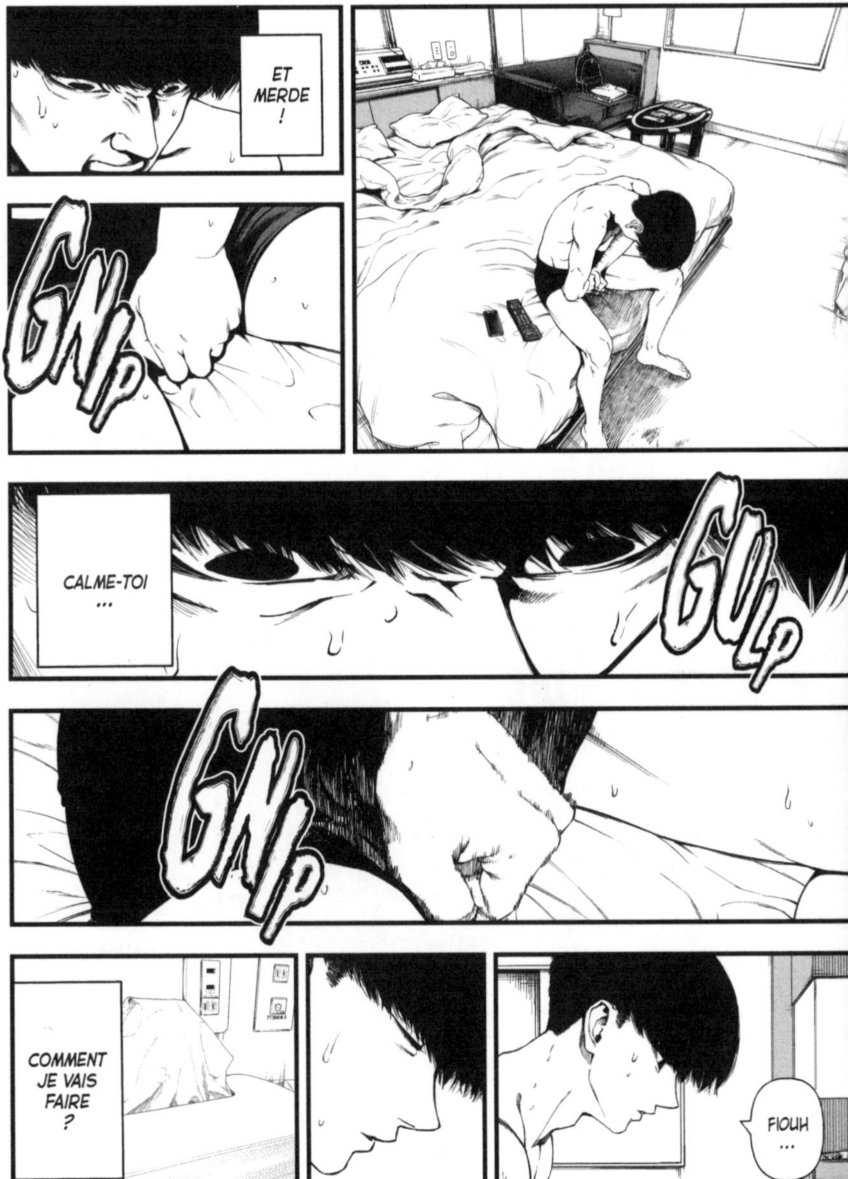
ET MERDE !
GNIP
GULP
CALME-TOI ...
GNIP
FIOUH ...
COMMENT JE VAIS FAIRE ?

JE SUIS
ENFERMÉ
À DOUBLE
TOUR
...
DANS
UN LOVE
HOTEL
...
UGHUAAH
!!
GLOUPS

GRAH
DAM
UURGH
VLAM
EVACUATION PLAN
URHOOARH
DAMDAM
QUOI ?
J'Y CROIS PAS ...
EVACUATION PLAN
AAAAH
TCHAC
GRUOARH

GOAARH
GRIIIIIIH
SCRAC
SCRAC
SCRAC

LA PISTE D'UNE DROGUE A ÉTÉ ÉVOQUÉE, MAIS COMME LES VICTIMES DES ATTAQUES PRÉSENTENT ELLES AUSSI DES SYMPTÔMES …
LA POSSIBILITÉ QU'IL S'AGISSE D'UN VIRUS EST ELLE AUSSI À L'ÉTUDE …
ACTES DE VIOLENCE DANS TOUT TOKY
everyday. NEWS
6:31
LIVE
C'EST PAS POSSIBLE …

ÇA FAIT QUE QUELQUES MINUTES QU'ELLE A ÉTÉ TUÉE ...
ET ELLE A DÉJÀ RESSUSCITÉ ?
BOBOOM
BOBOOM
BOBOOM
603

AAARH...
AAARHLAAA...
UOOORGH
BOBOM
...
BOBOM
...
BOBOOM

BOBOM
BOBOM
JE LES ENTENDS TRAÎNER DEVANT MA PORTE …
MAIS J'IMAGINE QU'ILS SONT PAS QU'À CET ÉTAGE …
ET VU QUE PERSONNE RÉPOND À LA RÉCEPTION …
HOTEL ALTAIR
ÇA VEUT DIRE QUE TOUT L'HÔTEL EST INFECTÉ ?
HOTEL ALTAIR SPA&RESORT
EST-CE QU'IL Y A D'AUTRES GENS ENFERMÉS ICI COMME MOI ?
EVACUATION PLAN
606
605
604
603
601
602

HAN !
SCRIC
HAN !
SCRIC
...
MMH ...
SCRIC
AH ...
SCRIC
HAN !
AH !
SCRIC
SCRIC
SI ÇA SE TROUVE ...
SCRIC
CERTAINS ONT MÊME PAS RÉALISÉ CE QUI SE PASSE !
TOUT COMPTE FAIT, JE SUIS PLUS EN SÉCURITÉ ICI ...
601
602
LA PORTE A L'AIR SOLIDE ...

ON EST AU SIXIÈME ÉTAGE, Y A PEU DE CHANCES QU'ILS GRIMPENT JUSQU'ICI ...
OUAAAAH !
KYAAAAH !
M BUGS
AU SECOURS
OUAAAH !

GNAP
NON... AAAH... J'AI MAAAL!
BANG
BANG
BANG
DES COUPS DE FEU ?!
BUGS
BANG
BANG
AH OUAIS ...

ON EST VRAIMENT ...
CRÈVE, SALOPERIE !!
BANG
À L'AIDE !
AAAH !
AU SECOURS !
RECULEZ !
VISEZ LA TÊTE !

HOTEL CARINA
HOTEL CARINA
RATATATATATA
À KABUKICHO, LÀ ?
TIREZ ! TIREZ !
HYA-AAAH !
BANG
BANG
HOTEL CARINA
VITE, À L'INTÉRIEUR !!

BOBOOM
BOBOOM
BOBOOM
RATATATATATA
RATATATATATA
BAN
BANG
BANG
BLONG
BLONG
VROOOM
ブオオオ
DOM
TCHAC
SPLOTCH
PLATCH
VLAM

C'EST LA GUERRE OU QUOI ?
NOOON !
M'APPROCHE PAS !!
!!
CARIN
HYA-AAH !
GH !

NO...
NOOOOOON...!
AAAAAH...
COMMENT...
SPLAF
AAAAH !
SPLAF
SPLAF
SPLAF
SPLAF
BOBOM
BOBOBOM

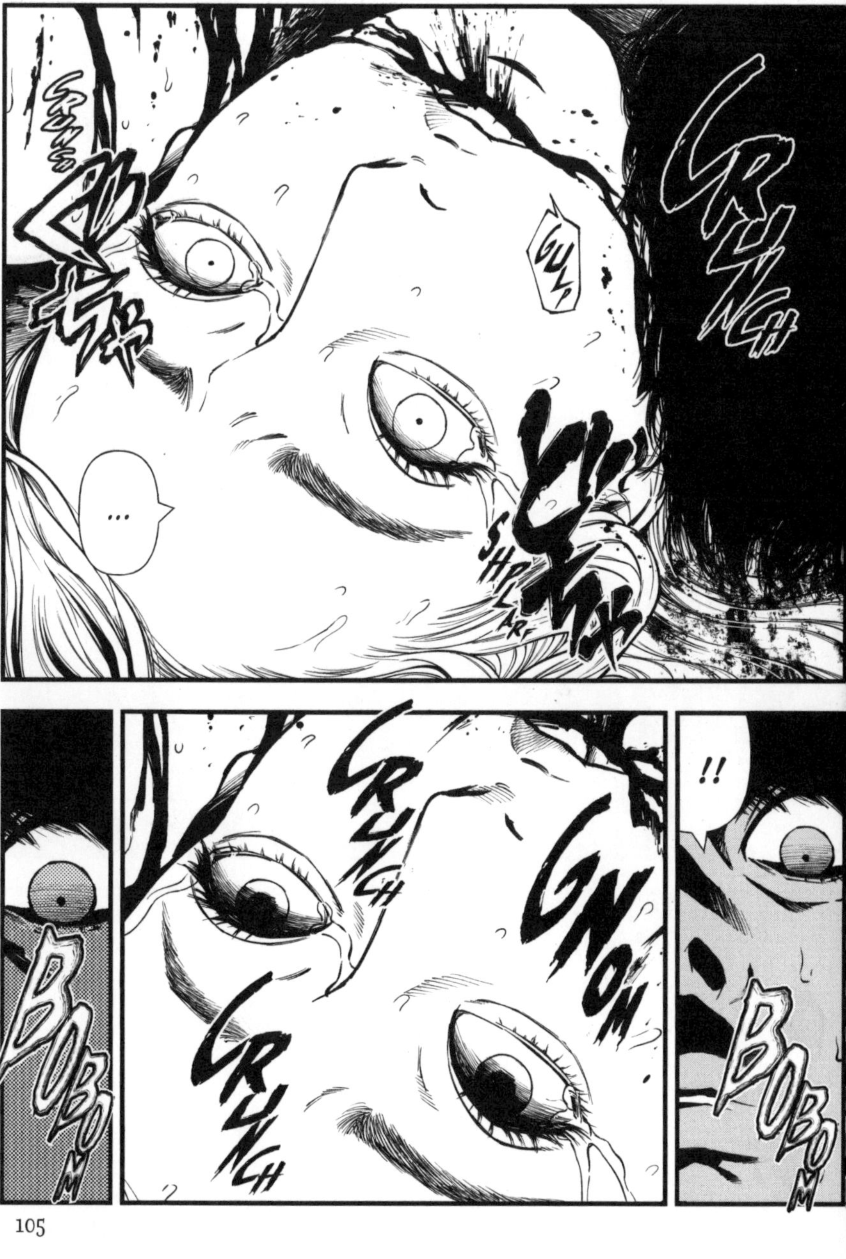
CRUNCH
GULP
SHPLARF
CRUNCH
...
!!
GNOM
CRUNCH
CRUNCH
BOBOOM
BOBOOM

BOBOM
BOBOM
POUR...
...QUOI ...
BOBOM
HAA ...
HAA ...
BOBOM
HAA ...
HAA ...
HAA ...
BOBOM

NOOOON... AAAAH!!
KYAAAAH!!
OUAAAAH
BOBOOM
BOBOOM
BOBOOM
BOBOOM
BOBOOM
BOBOOM
HYAAAAAH
RE-
CULE
!!
BOBOOM
BOBOOM
QU'EST-
CE QUE
...

BOBOM
BOBOM
BOBOM
Voici une vue aérienne de la ville...
BOBOM
BOBOM
BOBOM
LA MORT EST LÀ ...
BOBOM
BOBOM
Les transports en commun ont été stoppés

ELLE QUE J'AI TANT DÉSIRÉE ...
BOBOOM
BOBOOM
LA VOILÀ SI PROCHE ...

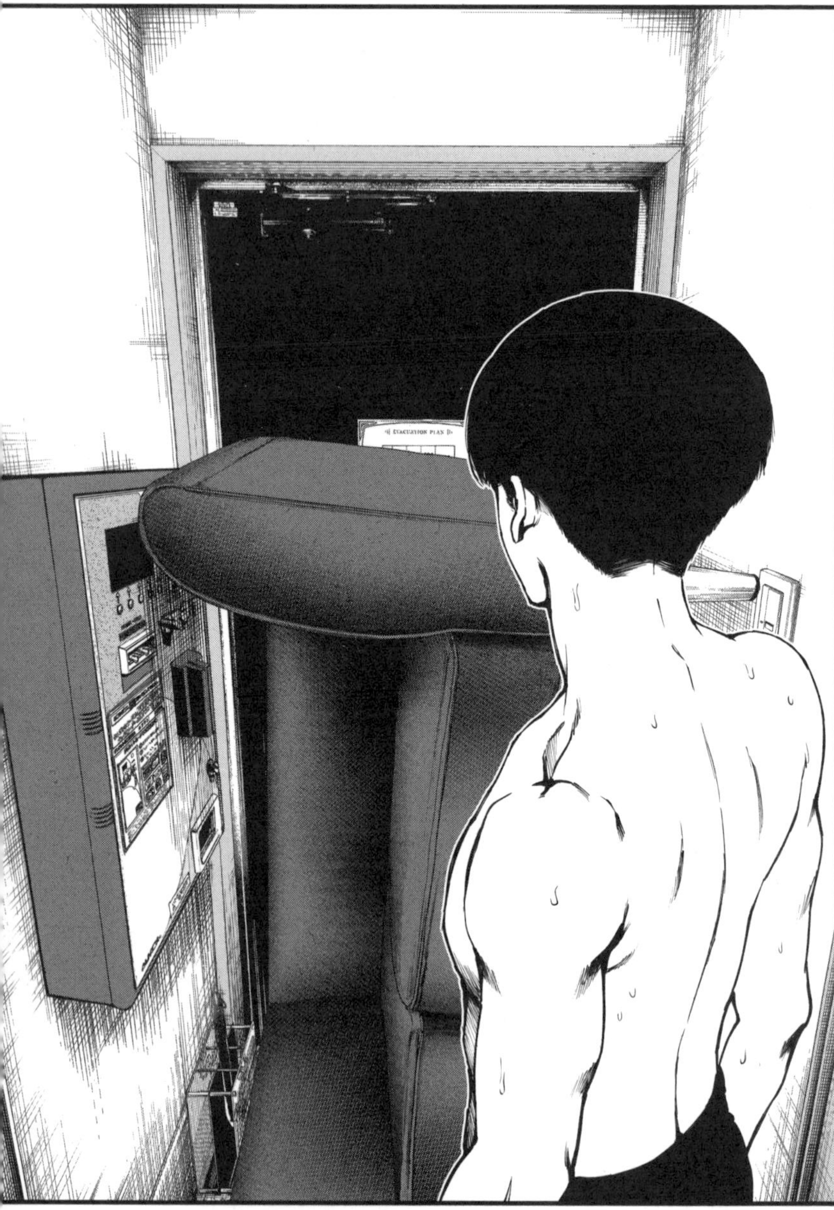
EVACUATION PLAN

QUELLE IRONIE ...
18:59
Discussions
TAP

TAP TAP TAP
Shôka Matsukasa
Fumito, tu vas bien ?
Où est-ce que tu es ??
18:59
Ça va.
Je suis en vie.
Vu
18:59
Ça va.
Je suis en vi
Ouf, ça me rassure !
Alors, tu es où ?
19

Shinjuku.
Et toi ?
Vu
19:00
Vu
19:00
19:00

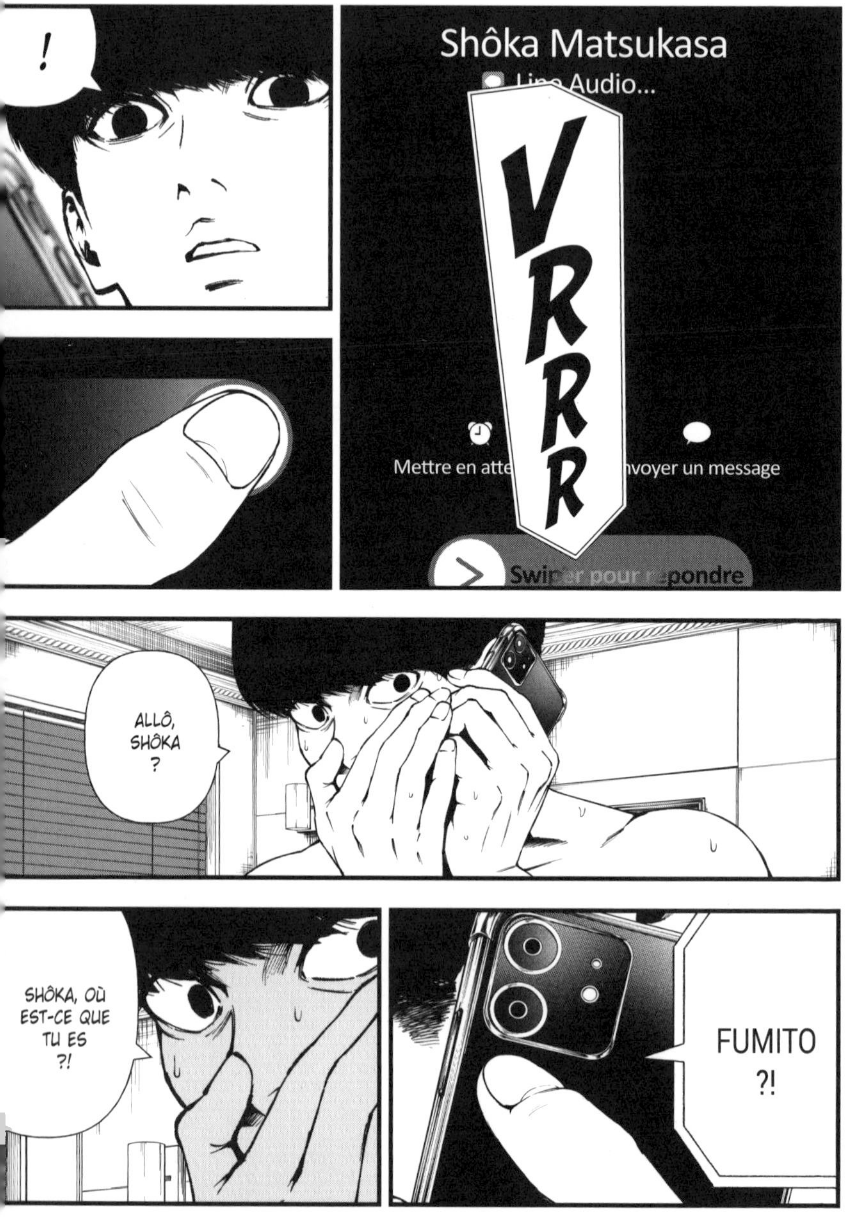
Shôka Matsukasa
VRRR
!
ALLÔ, SHÔKA ?
FUMITO ?!
SHÔKA, OÙ EST-CE QUE TU ES ?!

LÀ, JE SUIS...
À...
...
SHÔKA ?
Votre appel a été interrompu en raison d'une défaillance réseau. Veuillez réessayer ultérieurement. (T102)
POURVU QU'IL NE LUI ARRIVE RIEN ...

GLOUPS
DRIIING
DRIIING
DRIIING
DRIIING
TCHAC

AH, OUF ! QUELQU'UN DÉCROCHE !!
!
UNE VOIX DE FEMME ?
Réception : tapez 9
EUH... ALLÔ ?!
OUI ?
JE SUIS AU MÊME ÉTAGE QUE VOUS !
Réception : tapez 9
CHAMBRE 602 !

EVACUATION PLAN
606
605
604
603
601
602
LA 602 ?
FLAP
FLAP
DOM
DOM
C'EST QUOI, TOUT CE BRUIT ?
!
AIDEZ-MOI, S'IL VOUS PLAÎT !!
602
L'HOMME QUI ÉTAIT AVEC MOI A CROISÉ DES INFECTÉS EN VOULANT JETER UN ŒIL DEHORS ...
!
RECULE !!
C'ÉTAIT DONC ÇA ...

IL N'A PAS ÉTÉ MORDU !
?!
IL N'AVAIT AUCUNE BLESSURE, ET POURTANT ...
FLAP FLAP
GUARR
AGH
DOM
SON COMPORTEMENT S'EST MIS À CHANGER ...
GNIIIH
FLAP FLAP
UGRARH
FLAP FLAP
DOM
DOM

SPLATCH
SLURP
DOOM
IL EST ATTACHÉ ET ENFERMÉ DANS LA SALLE DE BAINS, MAIS ...
IL RISQUE DE S'ÉCHAPPER À TOUT MOMENT !

QU'EST-CE QUE JE DOIS FAIRE ?!
ATTENDEZ, ÇA VEUT DIRE QUE ...
LA CONTAMINATION ...
NE SE FAIT PAS SEULEMENT PAR MORSURE ?

Immortalité & Châtiment

603
ALORS ...
BOBOBOM
BOBOBOM
IL Y A D'AUTRES MODES DE TRANSMISSION QUE LES MORSURES ...
602
QUOI ?
BOBOBOM
BOBOBOM
BOBOBOM
QU'EST-CE QUE VOUS VOULEZ DIRE ...
BOBOBOM
BOBOBOM
PAR D'AUTRES MODES DE TRANSMISSION ?
BOBOBOM
BOBOBOM
J'EN SAIS RIEN, MAIS ...

... EN TOUT CAS, NE LES LAISSEZ SURTOUT PAS VOUS APPROCHER !!
603
ドン
SBAM

!!
SBAM
SBAM
MONSIEUR ?
éception : tapez 9
SBAM SBAM SBAM
CRAC
SBAM SBAM SBAM
LE MUR SE ...
SBAM
CRIC CRIC
ÉCOUTEZ BIEN CE QUE JE VAIS VOUS DIRE !

S'IL ARRIVE QUOI QUE CE SOIT ...
HEIN ?!
TCHAC
TÛ-ÛÛT
TÛ-ÛÛT
SBAM
BIP BIP BIP
SBAM
SBAM
SBAM
SCRAC
SBAM

...
BOBOM
SBAM
BOBOM
SBAM
SONNE ...
CLANG
EVACUATION PLAN
CLANG
SBAM
SBAM
SBAM
SONNE, BORDEL !!
SBAM
SBAM

DRIIING
DRIIING

606
DRIIING
TÛÛÛT
AAARH
GROAAAH
UUOORH

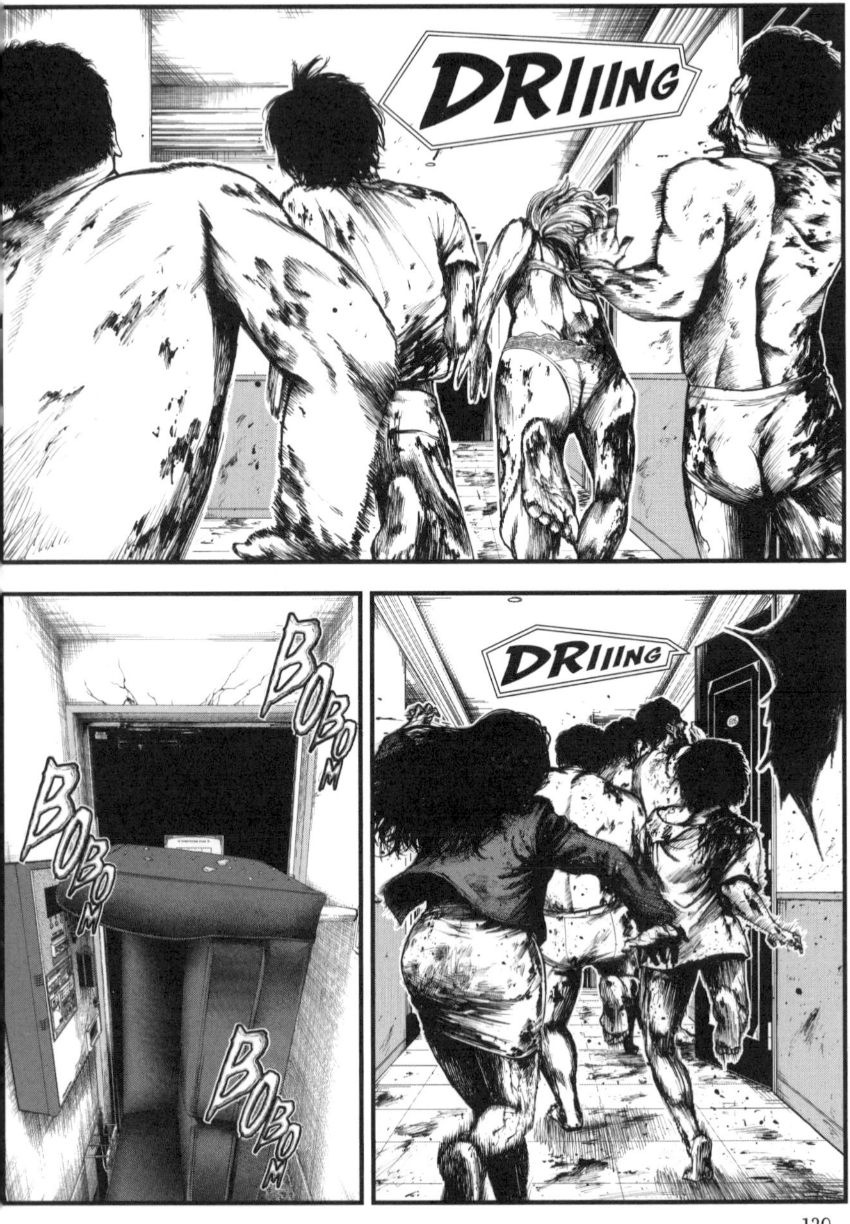
DRIiiING
BOBOM
BOBOM
BOBOM
DRIiiING

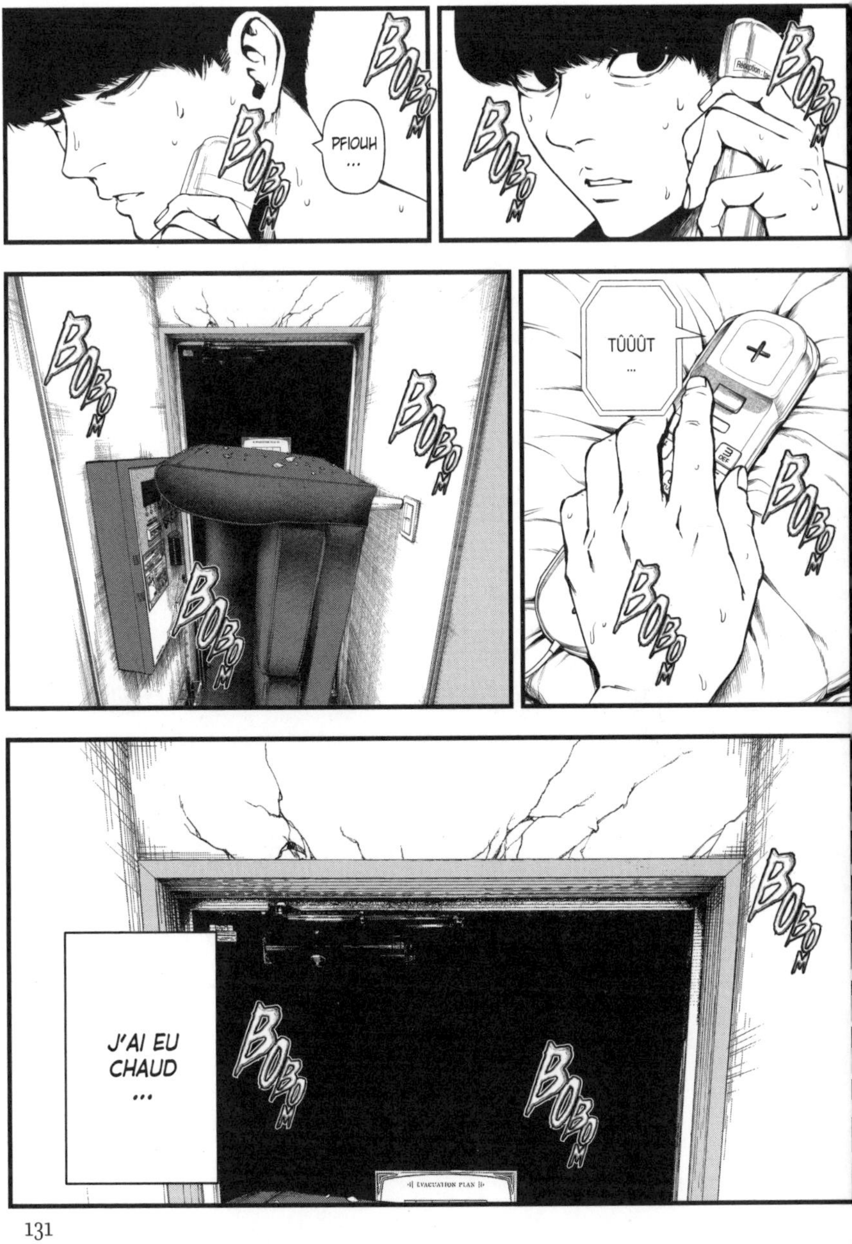
BOBOOM
BOBOOM
BOBOOM
PFIOUH
...
BOBOOM
TÛÛÛT
...
BOBOOM
BOBOOM
BOBOOM
BOBOOM
BOBOOM
BOBOOM
J'AI EU CHAUD
...
BOBOOM
EVACUATION PLAN

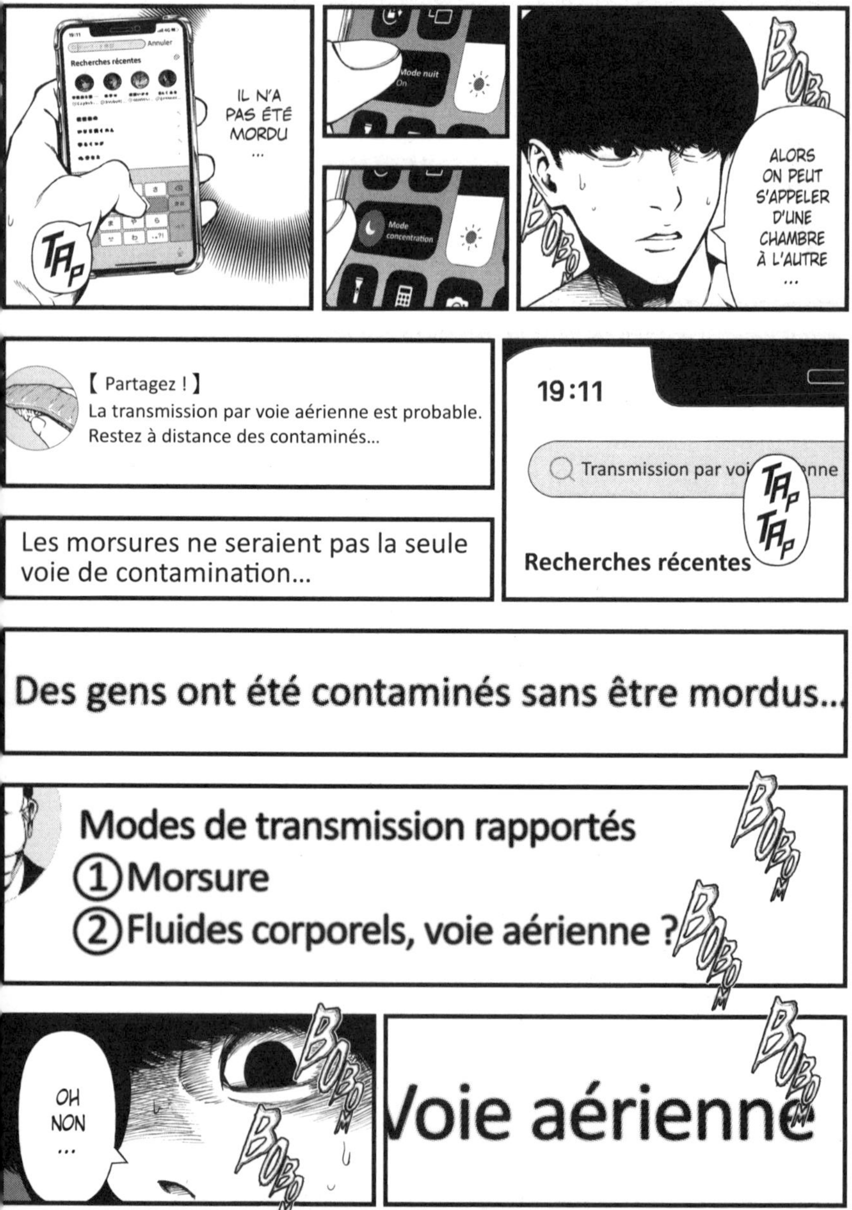
Annuler
Recherches récentes
IL N'A PAS ÉTÉ MORDU …
TAP
Mode nuit
On
Mode concentration
BOBOM
ALORS ON PEUT S'APPELER D'UNE CHAMBRE À L'AUTRE …
BOBOM
【 Partagez ! 】
La transmission par voie aérienne est probable.
Restez à distance des contaminés…
Les morsures ne seraient pas la seule voie de contamination…
19:11
Transmission par voi…enne
TAP TAP
Recherches récentes
Des gens ont été contaminés sans être mordus…
Modes de transmission rapportés
①Morsure
②Fluides corporels, voie aérienne ?
BOBOM
BOBOM
OH NON …
BOBOM
BOBOM
Voie aérienne
BOBOM

602
BOBOM
TOUT CE BRUIT …
BOBOM
TÛ-ÛÛT
TÛ-ÛÛT
BOBOM
BOBOM
BOBOM
SI ÇA SE TROUVE, MON APPEL A ATTIRÉ LES INFECTÉS VERS LA CHAMBRE DU VOISIN …
TÛ-ÛÛT
TÛ-ÛÛT
J'ESPÈRE …
QU'IL NE S'EST PAS FAIT ATTAQUER …
GROOH
SPLATCH
DOM
HAAARGL
FLAPFLAP

UARGH
GARGL
BOBOBOM
BOBOBOM
BOBOBOM
BOBOBOM
UOOORGH
VLAM
BOBOBOM
D'AILLEURS, CE QU'IL A DIT SUR LES CONTAMINATIONS …
BOBOBOM
MAIS ALORS, TOUT À L'HEURE …
18H44 SOMME DUE : 4580 YENS
TEMPS ÉCOULÉ
PAGE 1/1
FORFAIT : 4580 YENS
SOUS-TOTAL : 4580 YENS
TOTAL : 4580 YENS
PAIEMENT
Billets de banque, rendu monnaie
C'EST TROP DANGEREUX, DE SORTIR MAINTENANT !

MERCI DE VOTRE VISITE ! NOUS ESPÉRONS VOUS REVOIR BIENTÔT !
JE VAIS JUSTE JETER UN ŒIL DANS LE COULOIR ...
OUI, MAIS ...
S'IL Y A LE MOINDRE PROBLÈME, ENFERME-TOI IMMÉDIATEMENT, D'ACCORD ?
...
BOBOM
COMPRIS ...
BOBOM
BOBOM
BOBOM
BOBOM
BOBOM
BOBOM
BOBOM
BOBOM

!!
HYAAAAA
RE-
CULE
!!
CLIC
CLIC
CLIC
HAAARAH
GRARH

GRAAH
PLIC
PLIC
HUMPF ...
HA-AA-AA !
TCHAC
CLIC

HAA ...
SBAM
SBAM
SBAM
HAA ...
HAA ...
HAA ...
EST... EST-CE QUE ÇA VA ?!
BOBOM
BOBOM
BOBOM
HAA ...
HAA ...
OUAIS ...
C'EST PAS PASSÉ LOIN ...
MAIS IL NE M'A PAS MORDU !

PSHHHH
TANT QU'ON NE SAIT PAS VRAIMENT CE QU'ILS SONT ...
MIEUX VAUT NE PAS SORTIR
DIS, MEI ...
TU VOUDRAIS BIEN M'ATTACHER ?
MAIS ENFIN, MONSIEUR IWAKAGE, CE N'EST PAS LE MOMENT DE ...
JE T'EN PRIE !!
JE ME SENS FIÉVREUX, TOUT À COUP ...
J'AI DES SENSATIONS ÉTRANGES DANS TOUT LE CORPS ...
HAA ...
HEIN ?

JE SUIS PEUT-ÊTRE CONTAMINÉ ...
HAA ...
BOUM
BOUM
HAA ...
LIGOTE-MOI AUSSI FERMEMENT QUE POSSIBLE ET ENFERME-MOI ICI ...
BOBOM
BOBOM
...
BOBOM
JE VEUX TE PROTÉGER, MEI ...
HAA ...
BOBOM
HAA ...
BOBOM
TU ES UNE JEUNE FEMME CHARMANTE, ET JE SUIS SÛR ...
QUE TU APPORTERAS ENCORE BEAUCOUP DE BONHEUR À PLEIN DE GENS, ALORS ...
IL FAUT QUE TU RESTES EN VIE !
ALLEZ ...
VITE !
GROAA
FLAP
FLAP
C'EST DONC ÇA ...

Modes de transmission rapp…
1) Morsure
2) Fluides corporels, voie ae… e ?
… Il a reçu des gouttes de sang dans les yeux …
Edit profile
Mei Kano (Kanomei) @mootopia
@mootopia_kanomei
Je suis Kanomei de Mootopia ! Je suis une idol !
Voici mon groupe : 【@mootopia_official】 #kanopia
※ *Les DM sont gérés par mon agence.
yootube.com/channel/UCCPbm… Anniversaire : 23 août
A rejoint Twiitter en XX 20XX

Voici mon groupe : 【@mootopia_official】 #kanop
※ *Les DM sont gérés par mon agence.
yootube.com/channel/UCCPbm... Anniversaire :
A rejoint Twiitter en XX 20XX
Abonnements – 27 104 abonnés
Tweet épinglé
Mei Kano (Kanomei) @mootop... 2j
Vous préférez quelle coupe ?
Bonne jourmei !
Il est tôt !! Est-ce que vous dormez encore ?
Je file travailler, pleine d'énergie !

TAP
@Tweets
Tu vas bien Kanomei ?!
Nacchan @n_tyamappp112 20XX/XX/XX
En réponse à @mootopia_kanomei
Je m'inquiète…
Tomoki @to_m_kingkanoosi 20XX/XX/XX
En réponse à @mootopia_kanomei
Poste quelque chose, s'il te plaît !
En réponse à @mootopia_kanomei
Faites qu'elle soit en vie !
En réponse à @mootopia_kanomei
On est inquiets, donne un signe de vie !
T'es vivante ?
Ma petite Kanomei…

...
JE NE PEUX DIRE À PERSONNE ...
QUE JE SUIS DANS CET ENDROIT ...

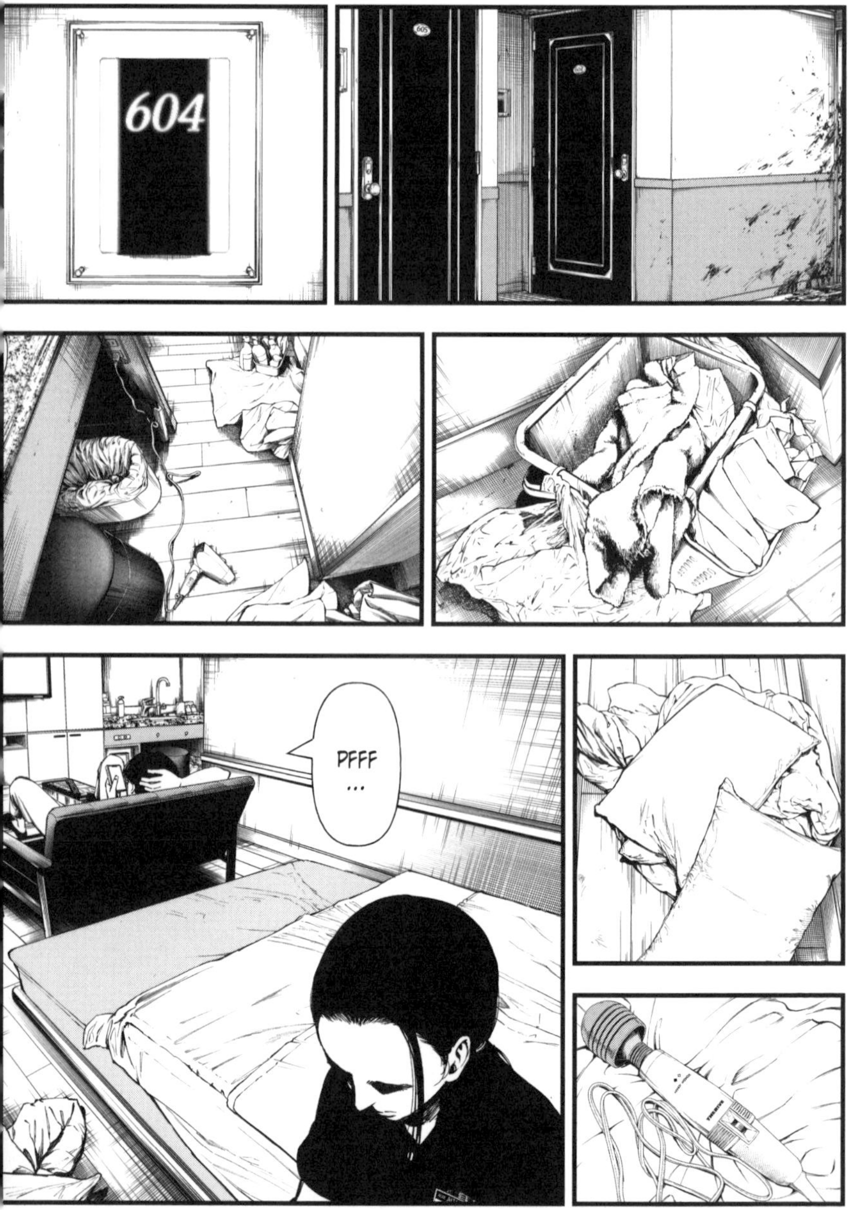
604
PFFF
...

POURQUOI IL FALLAIT QUE ÇA ARRIVE PENDANT NOTRE *SHIFT* DE MÉNAGE ?
TU SAIS, C'EST PEUT-ÊTRE CE QUI NOUS A SAUVÉ LA VIE !
J'ESPÈRE QUE MES ENFANTS VONT BIEN... ILS NE RÉPONDENT PAS À MES MESSAGES ET L'ÉCOLE EST INJOIGNABLE ...
TU N'ES PAS INQUIET POUR TA FAMILLE, TOI, KAMEGAOKA ?
HOTEL ALTAIR
KAMEGAOKA
NON, PAS TROP ...
MAIS J'AI PAS VRAIMENT DES PARENTS MODÈLES ...
ALORS ...
BON, D'APRÈS LES INFOS LES PLUS CRÉDIBLES QUI CIRCULENT ...
4G
Infection
Images
Vidéos

7:23
LIVE
... LES MODES DE TRANSMISSION SERAIENT "LES MORSURES" ET "L'ÉCHANGE DE FLUIDES CORPORELS" ...
LES INFECTÉS "SE RÉANIMENT APRÈS LEUR MORT", ET "DÉPLOIENT UNE FORCE DÉPASSANT L'ENTENDEMENT, LIBÉRÉE DES LIMITES DU CORPS HUMAIN". ILS "RÉAGISSENT AUX BRUITS", ETC. ...
BREF, C'EST DES ZOMBIES, COMME DANS LES FILMS QUOI ...
COMMENT TU PEUX RESTER AUSSI CALME ?
JE VOIS PAS EN QUOI PANIQUER CHANGERAIT QUOI QUE CE SOIT ...
LA PRIORITÉ, JUSTEMENT, C'EST DE BIEN S'INFORMER ...
MAIS TU N'AS PAS PEUR, DANS UNE SITUATION COMME ÇA ?
PAS DU TOUT ...
C'EST MÊME PLUTÔT EXCITANT CETTE ÉPIDÉMIE, NON ?

DE TOUTE FAÇON, ÇA FINIRA BIEN PAR S'ARRANGER …
MAIS C'EST QUASIMENT LA FIN DE LA CIVILISATION, LÀ …
À CE RYTHME, ÇA AURA BIENTÔT DÉPASSÉ LES FRONTIÈRES DU KANTO …
TOUS LES JAPONAIS POURRAIENT BIEN Y PASSER …
BAH …
LA MAJORITÉ DES HABITANTS DE CE PAYS SONT DES ABRUTIS SANS AUCUN BUT DANS LA VIE, ALORS C'EST PAS SI GRAVE QUE LA POPULATION DIMINUE UN PEU …
C'EST COMME UNE PURGE …
SELON L'HYPOTHÈSE GAÏA, C'EST COMME ÇA QUE L'ÉCOSPHÈRE S'AUTORÉGULE …
C'EST QUOI CETTE THÉORIE FUMEUSE, ENCORE ?
OUAAAH …
BREF, BARRICADONS-NOUS JUSQU'À CE QUE LA FAIM AIT RAISON DE NOUS …
COMBIEN DE TEMPS EST-CE QU'ON POURRA TENIR ?

IL N'Y A QUE DES BOISSONS, DANS CETTE CHAMBRE ...
STAFF ONLY
Accès réservé au personnel autorisé
IL Y A BIEN UNE RÉSERVE DANS L'HÔTEL, MAIS C'EST TROP RISQUÉ DE SORTIR D'ICI POUR L'INSTANT... ÇA VA ÊTRE UNE GUERRE D'ENDURANCE ...
DE L'EAU, PAS DE NOURRITURE ...
ON PEUT TENIR UNE SEMAINE, PEUT-ÊTRE ? J'SAIS PAS TROP ...
4G
AVANT DE MANQUER DE VIVRES, ON RISQUE DE PLUS POUVOIR UTILISER CES MERVEILLES DE TECHNOLOGIE, COMME ON A PAS DE CHARGEUR ...
Images
Vidéos
OUI, ÇA AUSSI C'EST UN PROBLÈME ...
SI ON DOIT SORTIR D'ICI, IL VAUT MIEUX LE FAIRE TANT QU'IL NOUS RESTE UN PEU D'ÉNERGIE ...
C'EST SÛR QU'AFFAIBLIS, ON FERAIT UN CASSE-CROÛTE FACILE POUR EUX ...
MAIS EST-CE QU'ON A UNE CHANCE, JUSTE À NOUS DEUX ?
IL DOIT BIEN RESTER D'AUTRES SURVIVANTS DANS L'HÔTEL, NON ?
J'EN SAIS RIEN ...

Formulaire d'enregistrement
Card No.
BAH ...
DE TOUTE FAÇON, VIVANTS OU MORTS ...
Vidéo
19 24
701 702 703 704 705 706
601 602 603 604 605 606
501 502 503 504 505 506
401 402 403 404 405 406
301 302 303 304 305 306
201 202 203 204 205 206
LIBRE
OCCUPÉ
MÉNAGE À FAIRE
MÉNAGE EN COURS
MÉNAGE TERMINÉ
Y A PAS UNE PERSONNE DÉCENTE ICI, À KABUKICHO ...
T'ES BIEN PLACÉ POUR DIRE ÇA, TOI ...
602 603 604

603
Appel vocal
0:09
19:04
Message
☆123
あ
か
Appel vocal
0:09
19:04
Où es-tu ?
☆123
あ
か
Où es-tu ?
19:27
Où
19:28
Y A PLUS DE RÉSEAU ?

BON, JE FERAIS MIEUX DE M'HABILLER ...

FLASH INFO
Le virus mystérieux se propage
LE PREMIER MINISTRE KISHIBE DÉCLARE L'ÉTAT D'URGENCE
RISQUE DE PANDÉMIE FOUDROYANTE
précédent
de tous nos concitoyens...
ré dans toutes les préfectures
ieu sûr

everyday.
NEWS
7:32
L'état d'urgence déclaré
LIVE
BUREAU DU PREMIER MINISTRE
Cette pandémie
met en danger la
L'état d'urgence est d
Veuillez vous confine

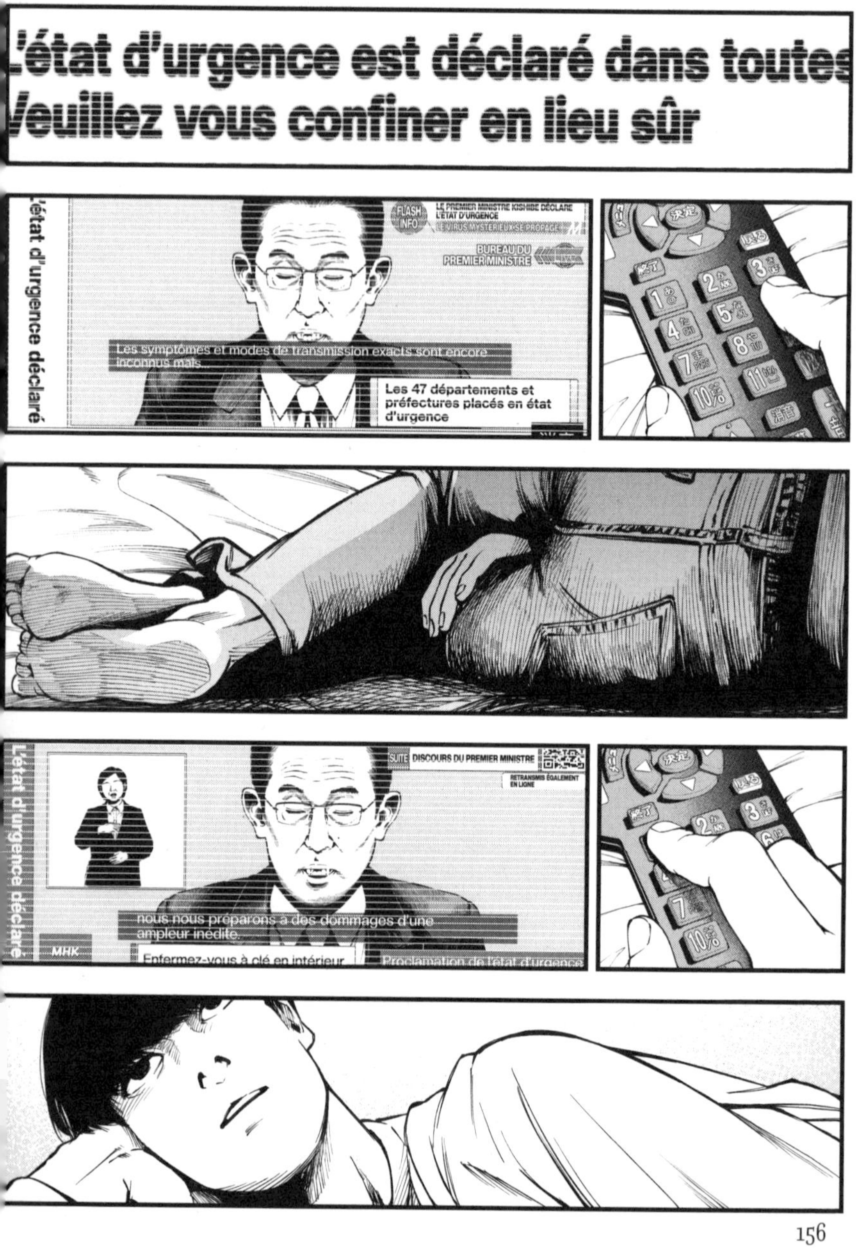
L'état d'urgence est déclaré dans toutes
Veuillez vous confiner en lieu sûr
L'état d'urgence déclaré
FLASH INFO
LE PREMIER MINISTRE KISHIBE DÉCLARE L'ÉTAT D'URGENCE
LE VIRUS MYSTÉRIEUX SE PROPAGE
BUREAU DU PREMIER MINISTRE
Les symptômes et modes de transmission exacts sont encore inconnus mais...
Les 47 départements et préfectures placés en état d'urgence
L'état d'urgence déclaré
SUITE DISCOURS DU PREMIER MINISTRE
RETRANSMIS ÉGALEMENT EN LIGNE
nous nous préparons à des dommages d'une ampleur inédite.
MHK
Enfermez-vous à clé en intérieur
Proclamation de l'état d'urgence

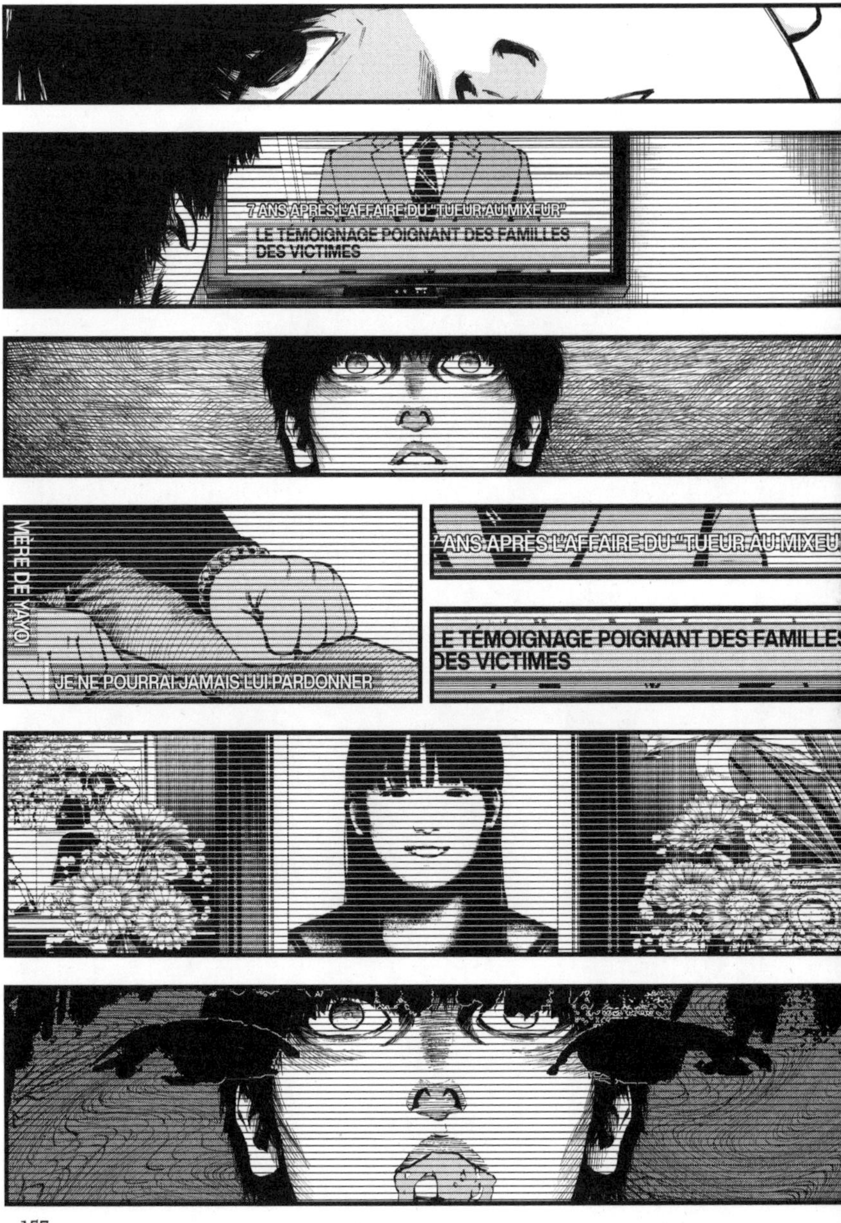

7 ANS APRÈS L'AFFAIRE DU "TUEUR AU MIXEUR"
LE TÉMOIGNAGE POIGNANT DES FAMILLES DES VICTIMES
MÈRE DE YAYOI
JE NE POURRAI JAMAIS LUI PARDONNER
7 ANS APRÈS L'AFFAIRE DU "TUEUR AU MIXEU
LE TÉMOIGNAGE POIGNANT DES FAMILLES DES VICTIMES

7:34
L'état d'urgence déclaré
LIVE
BUREAU DU PREMIER MINISTRE
FLASH INFO
DÉCLARE L'ÉTAT D'URGENCE
RISQUE DE PANDÉMIE FOUDROYANTE
Notre gouvernement est uni face à cette crise,
la plus grave depuis l'après-guerre.
L'état d'urgence est déclaré dans toutes les préfectures
Veuillez vous confiner en lieu sûr

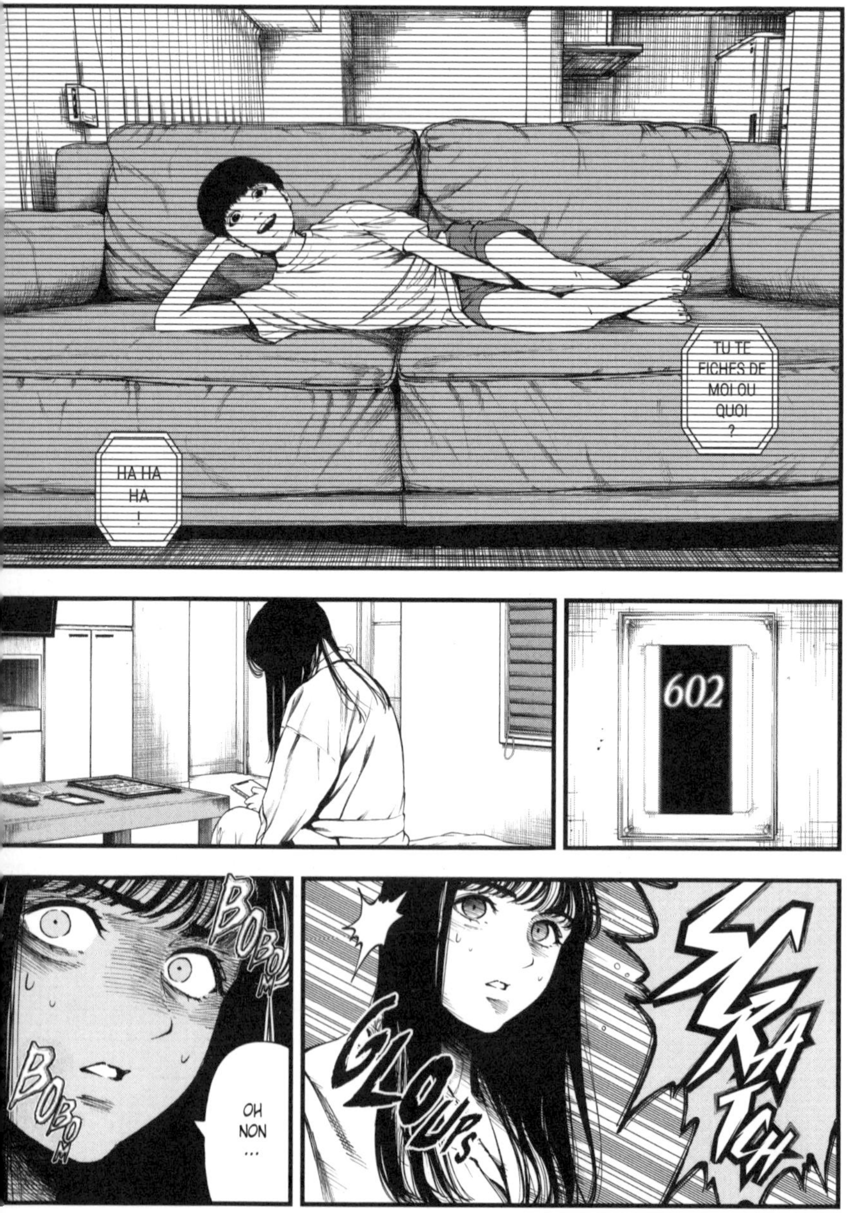
TU TE FICHES DE MOI OU QUOI ?
HA HA HA !
602
GLOUPS
BOBOM
BOBOM
OH NON ...

19:36
070-XXXX-XXXX
Japon
Mettre en attente
Envoyer un message
Refuser
Répondre
VRRR
!!
TAP
Répondr
OUI ?
AH ! ALLÔ ?!
C'EST ENCORE MOI …
… LA FILLE DE LA CHAMBRE 602 !
!!
S'IL ARRIVE QUOI QUE CE SOIT …

... FAITES LE 080-XXXX-XXXX !!
HEIN ?!
tapez 9
LE 080-XXXX-XXXX ! JE RACCROCHE !
BIP
TÛ-ÛÛT
TÛ-ÛÛT
TZAM
Formulaire carte de fidélité. (Points doublés
Card No.
080
Nom (Pseudonymes acceptés)
Date de naissance 1
Date de naissance 2
Souhaitez-vous recevoir des offres spéciales
BOBOM
BOBOM
BOBOM
COMMENT JE VAIS FAIRE ...
BOBOM

IL EST SORTI DE LA SALLE DE BAINS !!

IMMORTALITÉ & CHÂTIMENT

BOBOOM
BOBOOM
BOBOOM
BLAM
BOBOOM
HM
HM
BOBOOM
BOBOOM
!!
HM
BOBOOM
ALLÔ ?
HM
BOBOOM
FLAP
FLAP
FLAP
FLAP

UAAARGH

SUR TON PROFIL, C'ÉTAIT ÉCRIT "ARTS ET MANNEQUINAT". QU'EST-CE QUE TU FAIS EXACTEMENT ?
EH BIEN... JE SUIS ...
DANS UN PETIT GROUPE D'IDOLS ...
AH, D'ACCORD ! C'EST GÉNIAL !
OH, PAS TELLEMENT... ON EST PAS ENCORE CONNUES ...
ÇA NE PAIE PAS BIEN, CE MILIEU, ALORS ?
NON, PAS TANT QU'ON A PAS DE SUCCÈS... ENTRE LES COURS, MON JOB, LES RÉPÉTITIONS ET LES CONCERTS, J'AI PLUS DE TEMPS LIBRE, ET JE SUIS TOUJOURS FAUCHÉE ...
JE VOIS, D'OÙ CES RENCONTRES TARIFÉES ...
C'EST VRAI QUE TU ES TRÈS MIGNONNE, MAIS ...

Edit profile

Mei Kano (Kanomei) @mootopia

@mootopia_kanomei

Je suis Kanomei de Mootopia ! 🌱Je suis une idol !

Abonnements – **1 025** abonnés

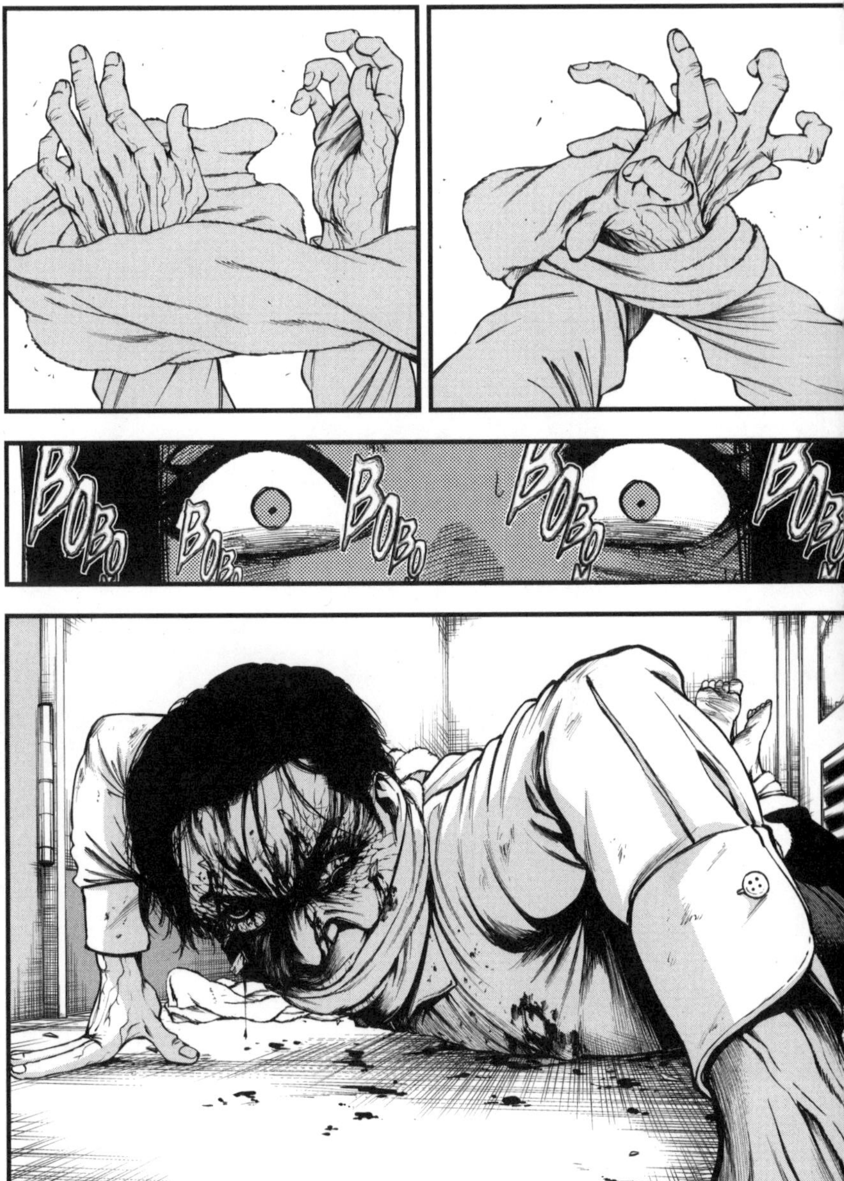
BOBO
BOBO
BOBO
BOBO
BOBO

QUOI ? MOOTOPIA SIGNE CHEZ UNE MAJOR ? FÉLICITATIONS !
MERCI !
QUELLE BONNE NOUVELLE !
VOTRE SOUTIEN M'A BEAUCOUP AIDÉE, MONSIEUR IWAKAGE, MERCI POUR TOUT !
IL N'Y A PAS DE QUOI. MOI JE SUIS RAVI DE POUVOIR PASSER CES MOMENTS AVEC TOI ...
MAIS TA RÉUSSITE, C'EST À TOI-MÊME QUE TU LA DOIS, MEI !
ET TU ES DEVENUE ENCORE PLUS CHARMANTE, CES TEMPS-CI ...
ARRÊTEZ, VOUS ME FAITES ROUGIR !
Abonnements – 5 829 abonnés

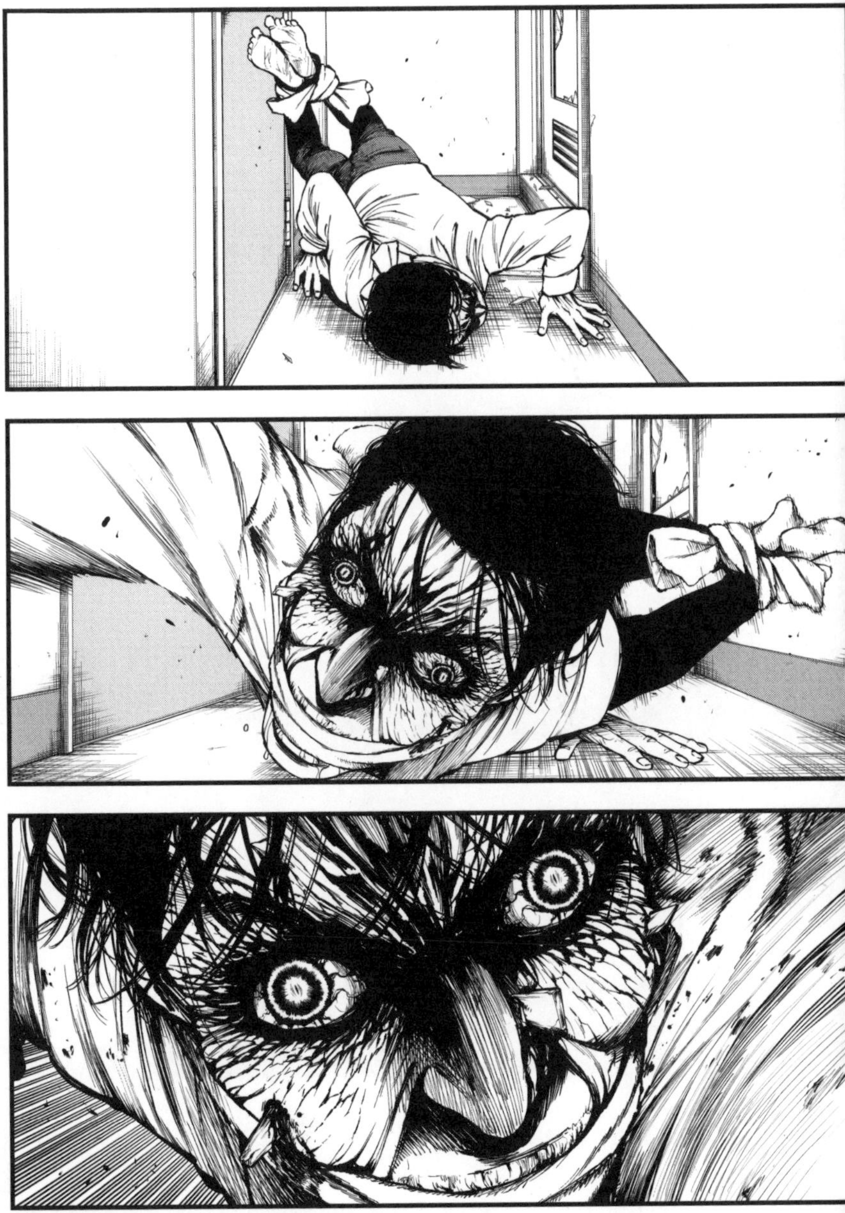

ÇA Y EST, TU PASSES À LA TÉLÉ !
MAIS TON STYLE A CHANGÉ, ON DIRAIT ...
OUI, C'EST L'AGENCE QUI A VOULU ÇA, QUESTION DE STRATÉGIE ...
ÇA FAIT PLUS "GRAND PUBLIC", JE TROUVE... J'AIME BIEN CE NOUVEAU LOOK !
C'EST PLUS FÉMININ, DISONS, PLUS TYPIQUEMENT *IDOL* ...
Quand ton coeur s'éveillera
PEUT-ÊTRE, OUI ...
JE TROUVE QUE ÇA TE VA ...
À MERVEILLE, MEI !
HOTEL Pali An ISLAND
Abonnements – 10 691 abonnés

HYAAAAAH !
ALLÔ ?!
ÇA VA ?!

Kanomeeeel
640 spectateurs
Toujours aussi mignonne !
Kanounette !
Je t'adore !
TU ME TROUVES MIGNONNE ? OH, MERCI BEAUCOUP !
SCRITCH
SCRITCH
SCRITCH
SCRITCH
SCRITCH
JE NE VOIS RIEN D'ANORMAL... C'EST PEUT-ÊTRE À CAUSE DU STRESS ?
EST-CE QUE VOUS DORMEZ BIEN ?
JE VOUS FAIS UNE ORDONNANCE, SI ÇA NE PASSE PAS, REVENEZ ME VOIR ...
Abonnements – **15 435** abonnés

NOOON
!

272 Nom : anonyme@jesuisconfus 20XX/XX/XX (jeudi) XX:XX:XX. XX
Kanomei est super jolie en ce moment, non ?
>>272
Ouais, carrément, beaucoup plus raffinée !
277 Nom : anonyme@jesuisconfus 20XX/XX/XX (jeudi) XX:XX:XX. XX
C'est de la chirurgie ? Elle avait de si grands yeux, avant ?
>>277
Non, j'ai bien regardé l'image, je crois que c'est juste son maquillage. Peu importe, tant que c'est mignon...
Elle avait un style moins populaire au début.
C'est mieux maintenant, c'est clair...
mais je crois que je la préférais avant.
Là, c'est comme si elle cherchait trop à plaire...
qu'elle s'était perdue...
Abonnements – 19 028 abonnés

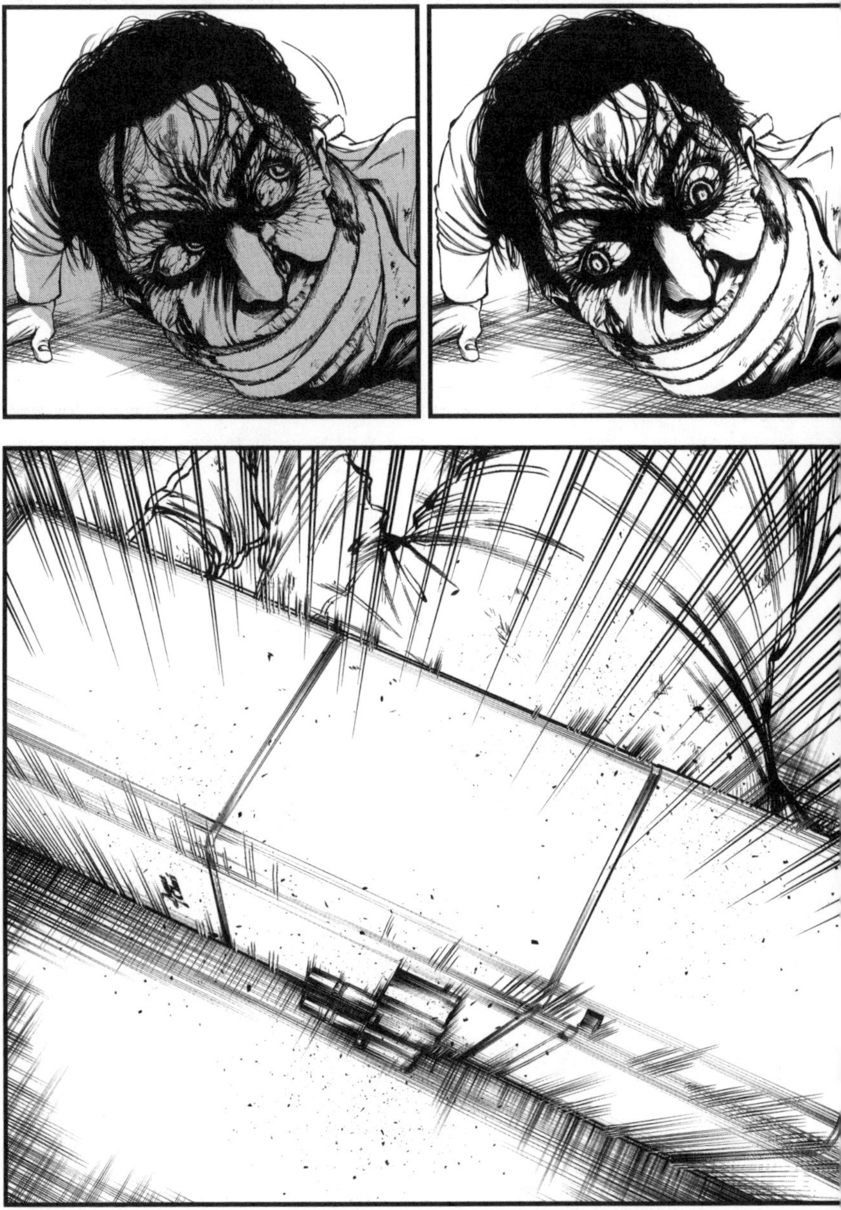

TU VEUX REDEVENIR BLONDE ? HUM ...
TU SAIS BIEN QUE TU AS PLUS DE SUCCÈS COMME ÇA, NON ?
C'EST LA KANO ACTUELLE QUI PLAÎT AUX FANS, TU COMPRENDS ?
COMMENT ON FERA SI ÇA NOUS FAIT PERDRE DU PUBLIC ?
TU SAIS BIEN QU'ON NE GAGNE PAS SA VIE EN NE FAISANT QUE CE QUI NOUS PLAÎT !
ENFIN, SI TU AS ENVIE DE GALÉRER COMME À TES DÉBUTS, VAS-Y ! CE SERA SANS MOI, PAR CONTRE ...
COMPRENDS CE QUE LES GENS ATTENDENT DE TOI ...
Rappelle-toi que tes choix engagent d'autres personnes...
22:50
22:50
Pardon d'avoir été si égoïste. Merci beaucoup pour votre écoute.
Abonnements – 21 307 abonnés

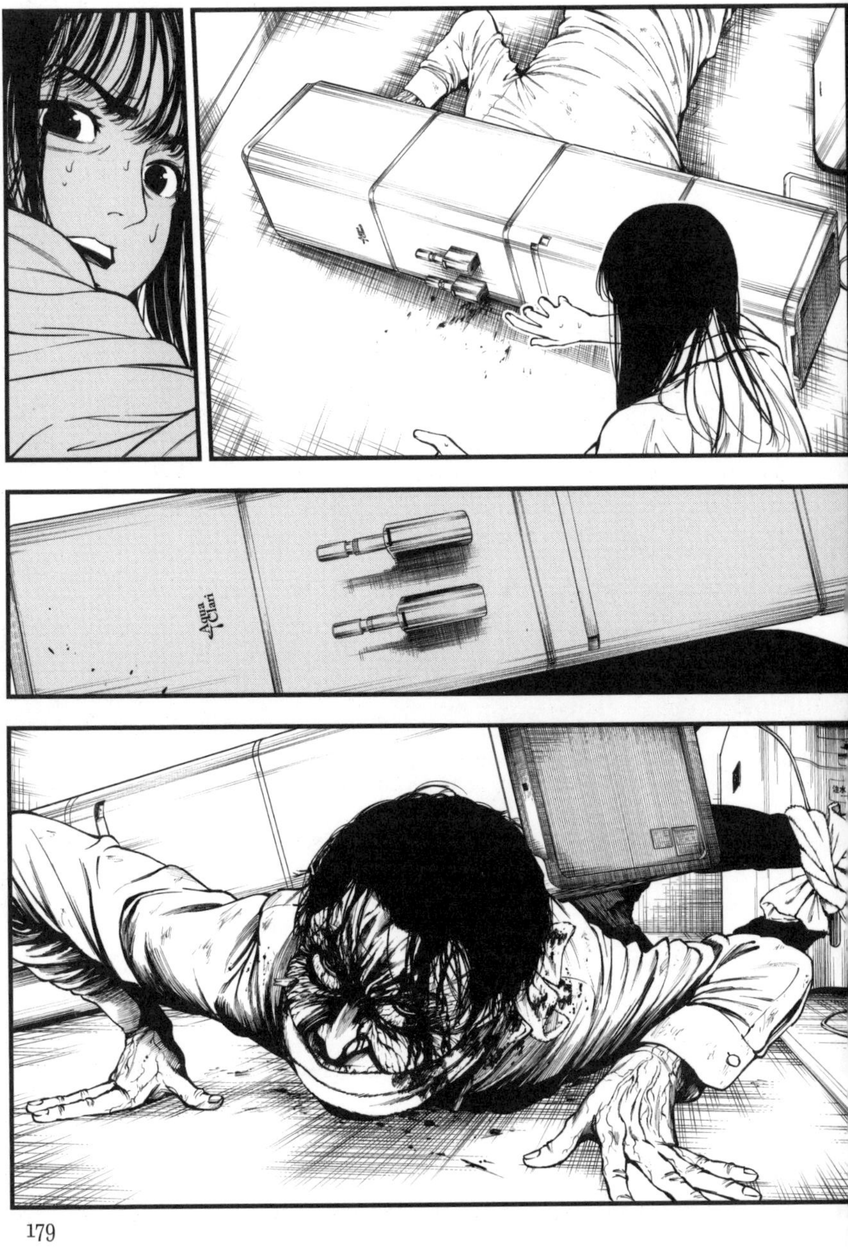
Aqua Clari

TU ES DEVENUE SI JOLIE !
JE ME NOYAIS DANS CES MOTS CREUX ...
10000
lle est plus
maintenant !
POUR ME SENTIR BIEN ...
bonnements – 25 923 abonnés

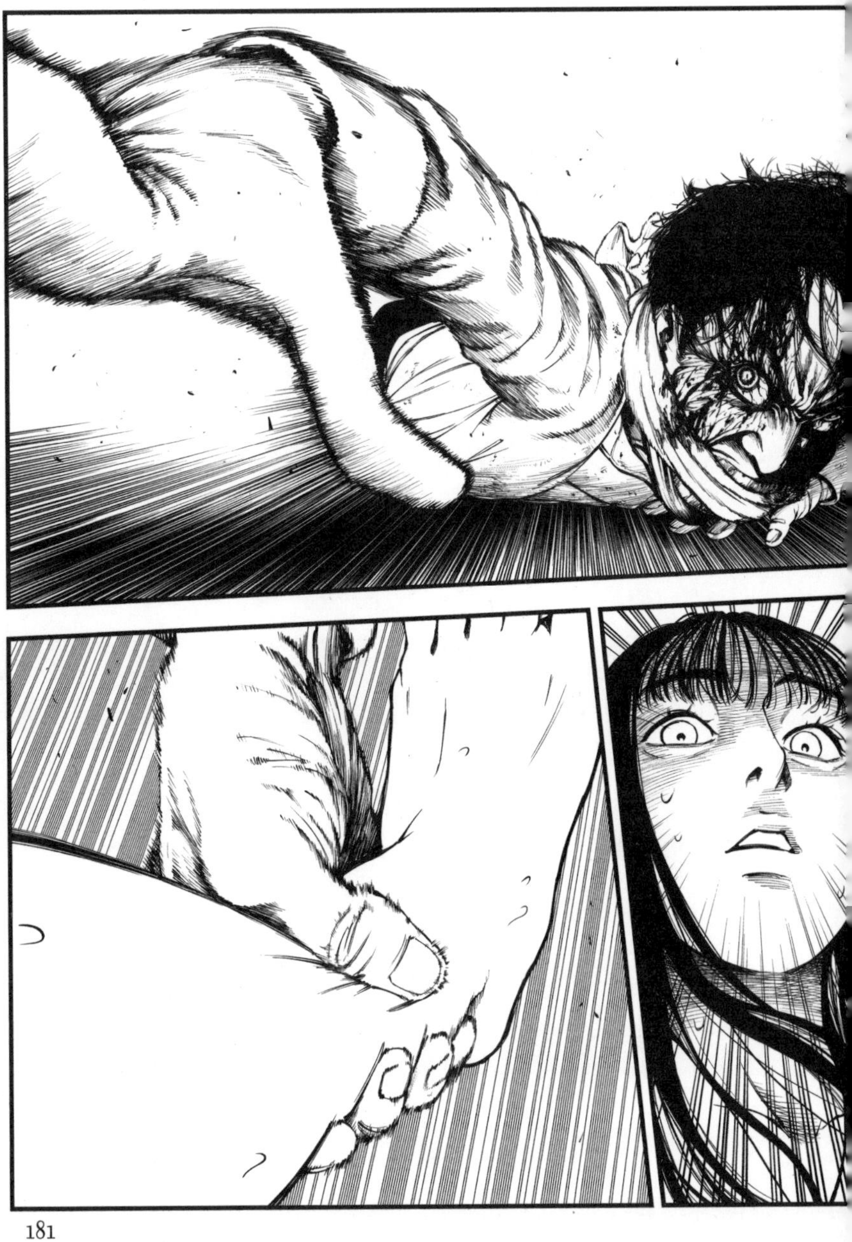

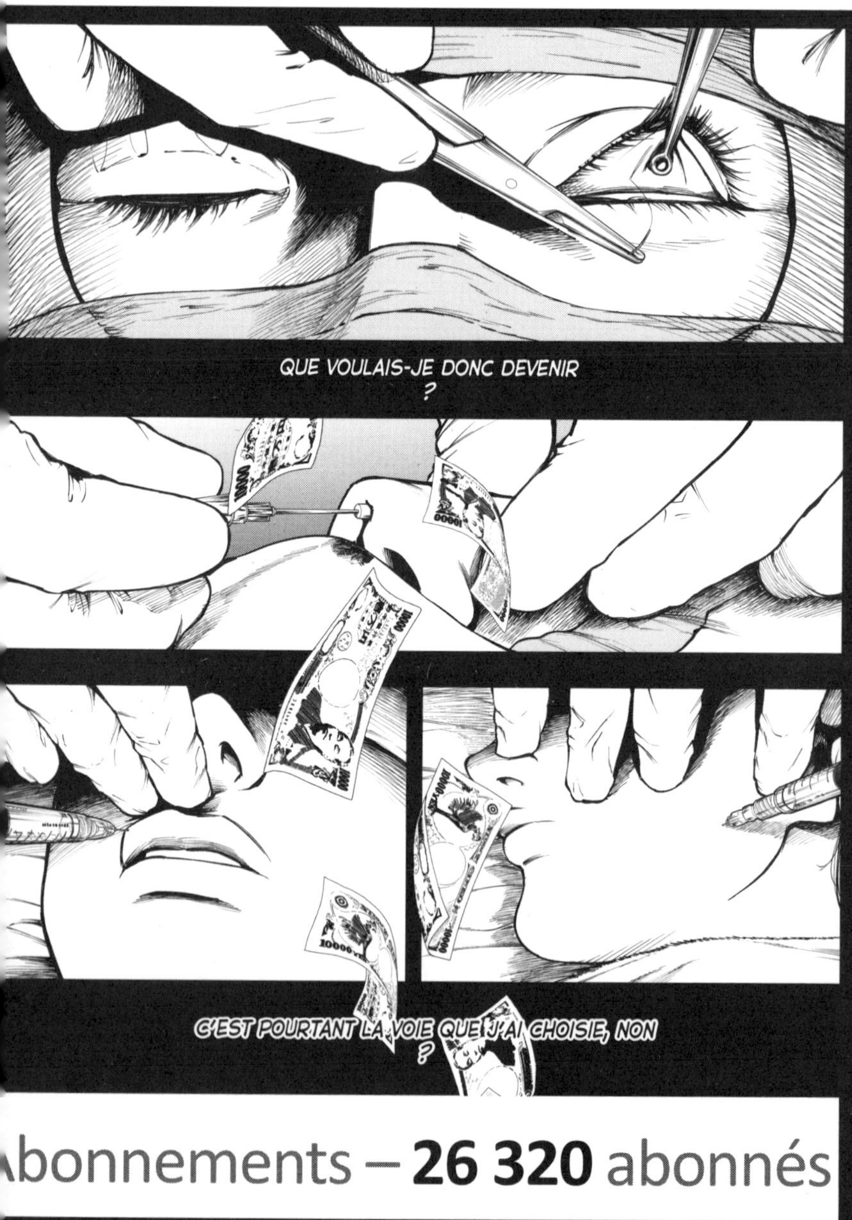
QUE VOULAIS-JE DONC DEVENIR ?
C'EST POURTANT LA VOIE QUE J'AI CHOISIE, NON ?
bonnements – 26 320 abonnés

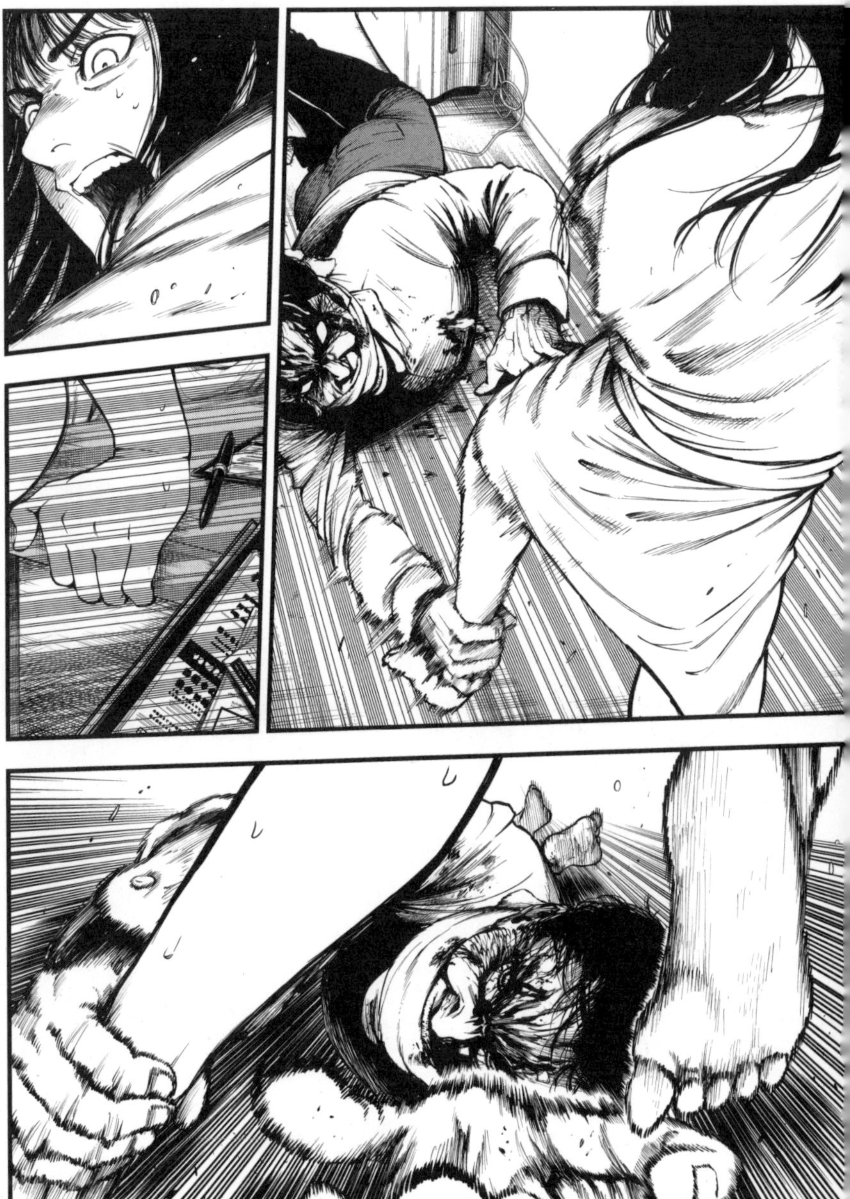

C'EST ÇA, QUE JE VOULAIS ÊTRE ?
plus de charme qu'avant !
C'est mieux maintenant, c'est clai
Ouais, carrément, beaucoup plus raff
Kanomei est super jolie en ce moment, no
maintenant
mais je crois que je la préf
C'EST SI DUR ...
bonnements – 27 104 abonnés

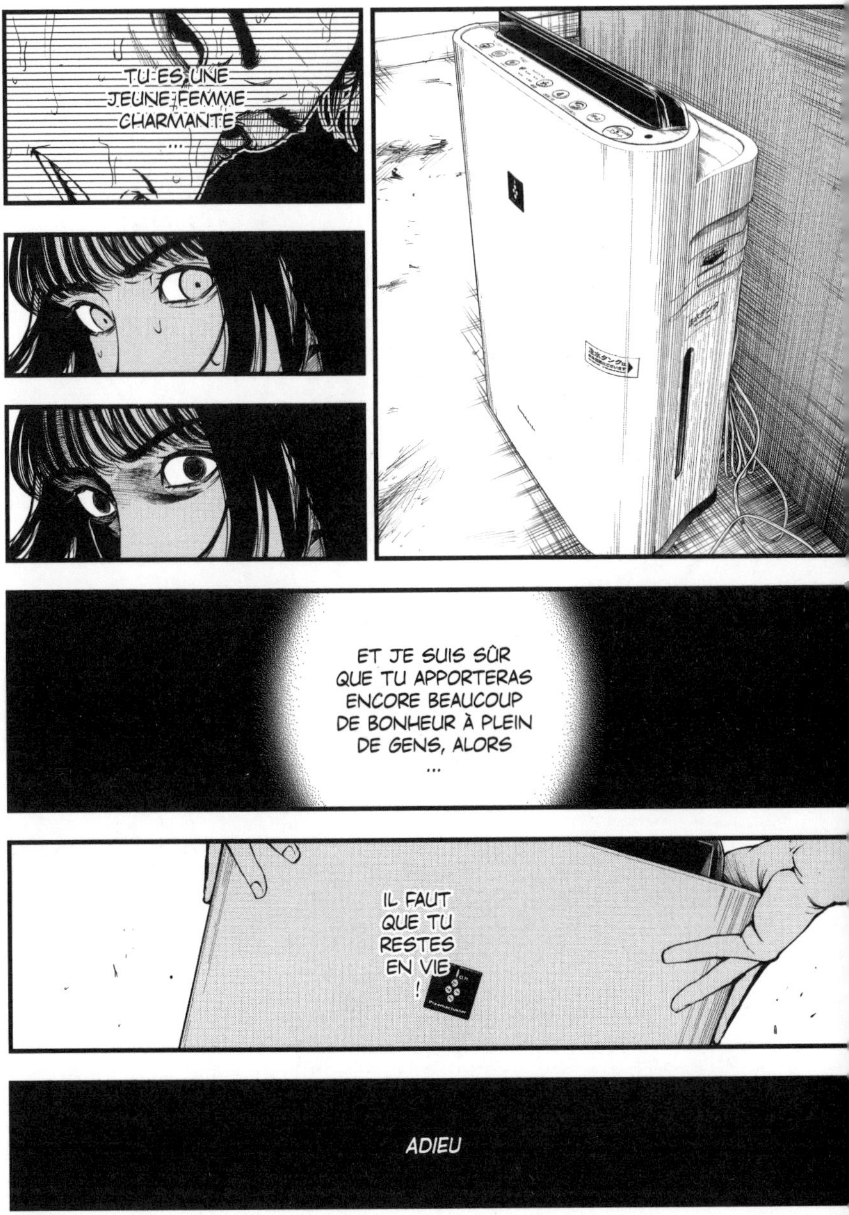
TU ES UNE
JEUNE FEMME
CHARMANTE
...
ET JE SUIS SÛR
QUE TU APPORTERAS
ENCORE BEAUCOUP
DE BONHEUR À PLEIN
DE GENS, ALORS
...
IL FAUT
QUE TU
RESTES
EN VIE
!
ADIEU

Mode
Puissance
Marche/arrêt
Douche d'ions purs

SHARK

Appel terminé
TÛÛÛT
TÛÛÛT
TÛÛÛT
ÇA A COUPÉ...
BOBOM
HYAAAAH!
BOBOM
!
BOBOM
HYAAAAH!
AAAAAAH!

HAAA...
AGH...
SALE VERMINE !
SALE VERMINE !
SALE VERMINE !
SALE VERMINE !

604
DRIIING
TÛ-ÛÛT
TÛ-ÛÛT
RAAAH, POURQUOI ILS RÉPONDENT PAS ?!
JE SAIS QUE VOUS VOUS INQUIÉTEZ POUR VOS ENFANTS, MADAME MISAWA, MAIS ÇA SERT À RIEN DE LES APPELER EN BOUCLE …
OH NON …
MA BATTERIE …
4G
BEN VOILÀ …
VOUS ARRÊTEZ PAS DE TRIPOTER VOTRE TÉLÉPHONE …
MÊME MOI QUI SUIS ACCRO, J'ARRIVE À ME RETENIR …
N'EMPÊCHE, LE PATRON AURAIT QUAND MÊME PU METTRE DES CHARGEURS DANS LES CHAMBRES …

19:37
Vous allez bien ?
19:38
Ouvrez mes messages, si vous n'avez rien !
Appel manqué
19:38
Appel manqué
19:39
Appel manqué
19:41
DEPUIS QUE TOUT ÇA A COMMENCÉ, ILS N'ONT MÊME PAS OUVERT MES MESSAGES ...
19:37
Vous allez bien ?
Ouvrez mes messages, si vous n'avez rien !
Appel manqué
19:38
Appel manqué
19:39
Appel manqué
ILS ONT PEUT-ÊTRE PERDU LEUR TÉLÉPHONE ? EN PRENANT LA FUITE, PAR EXEMPLE ...
J'ESPÈRE QUE CE N'EST QUE ÇA ...
BOBOM
BOBOM
S'IL ARRIVAIT QUELQUE CHOSE À MES ENFANTS, JE NE SAIS PAS CE QUE ...
19:38
BOBOM
19:39
Appel manqué

603
PARDON ...
C'EST RIEN, MOI JE SUIS DÉJÀ TRÈS BIEN COMME ÇA !

JE N'AI PAS DROIT À TOUT ÇA ...
NI LE DROIT DE VIVRE ...
NI CELUI DE T'AIMER, SHÔKA ...
J'AI DROIT À RIEN ...
ÇA VA ...
ÇA VA, JE TE DIS ...
JE NE VEUX PLUS FAIRE DE MAL À PERSONNE ...
JE NE BOUGERAI PLUS D'ICI ...

HOTEL
ALTAIR
604
VRRR
VRRR
!!
21:05
4G
Akari
Line audio
Envoyer un message
VRRR

ALLÔ, MAMAN ?!
AKARI ?! OÙ ES-TU ?!
TU N'AS RIEN ?!
VOUS POURRIEZ CRIER UN PEU MOINS FORT ?
MAMAN, AU SECOURS !
BOBOM
HY-AA-AAH !!
!!
ALLÔ ? AKARI ?! AKARI !!
ALLÔ ...

BOBOM
BOBOM
BOBOM
MAIS QUE …
C'EST PAS VRAI !!
ET VOILÀ, JE VOUS L'AVAIS BIEN DIT… PILE AU MOMENT CRUCIAL …
KAME-GAOKA !!
C'EST MORT, JE VOUS PRÊTERAI PAS LE MIEN …
JE T'EN PRIE ! MES ENFANTS SONT EN DANGER !!
DÉSO …

BIP
BIP
BIP
TÛ-ÛÛT
ÇA NE RÉPOND PAS ...
TCHAC
HÉ ! QU'EST-CE QUE VOUS FICHEZ ?
JE VAIS VOIR SI JE TROUVE UN CHARGEUR DANS UNE DES AUTRES CHAMBRES ...
HEIN ? VOUS AVEZ PERDU LA TÊTE ?
ÇA GROUILLE D'INFECTÉS, DEHORS !
C'EST PAS VOUS QUI DISIEZ QUE C'ÉTAIT TROP DANGEREUX DE SORTIR D'ICI ?
EVACUATION PLAN
606
605
604
603
601
602
À CET ÉTAGE, IL N'Y A QUE ...

601 602 603 604 605 606
502 503 504 505 506
402 403 404 405 406
302 303 304 305 306
202 203 204 205 206
OCCUPÉ
MENAGE A FAIRE
MENAGE EN COURS
MENAGE TERMINÉ
202 203
LIBRE
OCCUPÉ
... LA CHAMBRE 603 QUI A L'AIR OCCUPÉE ...
602 603 604
JE VAIS TENTER MA CHANCE ...
ARRÊTEZ, ON DIRAIT LE CLICHÉ DU PERSONNAGE IMPULSIF QUI FONCE BÊTEMENT AU CASSE-PIPE DANS LES FILMS ...
VOUS SAVEZ MÊME PAS SI LE MEC QUI L'OCCUPE EST VIVANT OU NON ...
C'EST DE LA FOLIE, GARDEZ LA TÊTE FROIDE !

DE TOUTE FAÇON, TU TE FICHES BIEN DE CE QUI PEUT M'ARRIVER ...
TU AS JUSTE PEUR QU'UN INFECTÉ S'INTRODUISE ICI SI J'OUVRE CETTE PORTE ...
TU N'AURAS QU'À REFERMER DÈS QUE JE SERAI SORTIE !
AH ! BON BAH DANS CE CAS, ALLEZ-Y ...
T'ES VRAIMENT QU'UN ENFOIRÉ SANS CŒUR ...
IL PARAÎT QU'ON PEUT ÊTRE CONTAMINÉ PAR VOIE AÉRIENNE, VOUS DEVRIEZ METTRE UN MASQUE ...
JE SAIS ...
EUH... VOUS EMPORTEZ CE TRUC ?
AU CAS OÙ ...
606
LES HURLEMENTS ET LES BRUITS QU'ON ENTENDAIT SE SONT ARRÊTÉS ...
PEUT-ÊTRE QUE LES INFECTÉS SONT PARTIS VOIR AILLEURS ...

C'EST MAINTENANT OU JAMAIS ...
BOBOOM
BOBOOM
BOBOOM
BONNE CHANCE, HEIN ...
EVACUATION PLAN
606 605 604 603
601 602
BOBOOM
BOBOOM
BOBOOM

BOBOM
BOBOM
BOBOM
BOBOM
BOBOM
BOBOM
...CLAC
BOBOM
BOBOM
BOBOM
BOBOM
BOBOM
BOBOM
BOBOM
BOBOM

BOBOM
BOBOM
BOBOM
BOBOM

BOBOBOM
BOBOBOM
BOBOBOM
603
BOBOBOM
BOBOBOM
BOBOBOM
BOBOBOM
...CLAC

Dans le prochain tome …

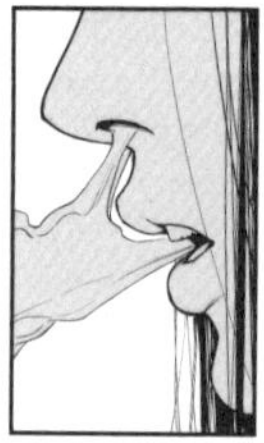

les ténèbres se propagent …

2

IMMORTALITÉ
&
CHÂTIMENT

Kentarô Satô

À PARAÎTRE EN DÉCEMBRE 2024

IMMORTALITÉ & CHÂTIMENT

First published in 2022 by Akita Publishing Co., Ltd., Tokyo
French translation rights arranged with Akita Publishing Co., Ltd.
through The Kashima Agency.

Dépôt légal : octobre 2024.
I.S.B.N. : 978-2-38531-462-0
Première édition.
Akata – 5, place Georges Bonnet – 87 290 Rancon (France).

I.S.S.N. collection WTF?! : 2425-9853

Traduction : Olivier Malosse
Lettrage : yoske-san
Logo et couverture : Tom "spAde" Bertrand (Blackstudio)

Imprimé en Serbie en août 2024 par Imago.
Diffusion : Interforum

www.akata.fr
www.akazoom.fr